勇敢
來自疼痛

一位表演者面對躁鬱的赤裸告白

BRAVERY
COMES FROM
PAIN

童童——著

滿天神祉太過遙遠，至少，我們可以信仰陽光。

即使再悲傷，再深沉的黑夜，

我們都知道雲層背後就有陽光。

那不是遙不可及的神祇，是我們抬頭就能望見的力量。

我的愛，殞落在七月。
草木繁盛，花鳥綻鳴，但我的愛，殞落在七月。
我的愛，殞落在七月。
外頭是炎暑，內裡是冽冬，而我的愛，殞落在七月。
我的愛，殞落在七月。
稚嫩的身軀，青紫的肌膚，我的愛，殞落在七月。
我的愛，殞落在七月。
蜷縮的四肢，來不及呢喃的嗓音，我的愛，殞落在七月。
我的愛，殞落在七月。
眼淚的距離，生死的相近，我的愛，殞落在七月。
我的愛，殞落在七月。
無愛無生，無愛無存，我的愛殞落在七月。
我的愛，殞落在七月。
生已無畏，死又何懼，我的愛我的靈魂，殞落在七月。
我的愛，當我們重逢，請記得牽起我的手，別放。

【推薦序】為尋找意義而寫

花蓮慈濟綜合醫院　精神醫學部
慈濟大學　醫學系
陳紹祖

我是童童口中的「胖嘟嘟醫生」。

每個月固定的治療，已經持續七年多。

情緒從跌宕起伏，到漸漸平穩，進而慢慢有自信，是一條漫漫長路。

最初，獅子座的她，常常告訴我，她幫助了誰。誰在深夜網路上給她留言，而她說了些什麼，留言者因此打消了念頭。

之後，談的比較多的是她與母親間的磨合。

慢慢地，她開始創業，留心她的收支與開銷，變成例行公事。

最近，我們談比較多的是她對於以前感情世界的回憶與重新詮釋。

會談中，童童與許多其他病患有個明顯不同的特點。她對於許多過去的傷心事，都已經有深度的思考與定位，而這些認知基本上都是合理未被扭曲。

我非常驚訝她如何做到這一點，直到讀過她的書之後。

我意識到一位充滿表演藝術熱情的人，同時能夠有理性的思考，其實是因為當年她已經透過書寫的歷程，去省思事件的本末與曾經對她產生的傷害。

在治療中我們一同重新審視這些思考，幫助她釐清那些是疾病造成的起伏，那些是壓力下合理的情緒反應。她逐漸重新認識自己，恢復對自己的信任，邁出新步伐的焦慮與不確定性也因此減少。

許多人印象中的躁鬱症（雙極性疾患），是一種以情緒跌宕起伏為特徵的疾病，這固然沒有錯，但其實臨床上，病人停留在鬱期的時間比躁期的時間長了許多。

在童童的治療過程中，她痛恨鬱期時自己的無能為力，常常期待著輕躁來臨。書寫記錄下她的鬱悶，同時也鼓勵自己不要放棄。你可以看到在這類文章中充滿了難過，但是不願放棄的自我對話。

焦慮是對於不確定事物的不安，除了「想很多」外，還有胸悶、心悸、腸胃不適、顫抖和頭暈等身體不適。焦慮在躁鬱症患者中也是很普遍的症狀（或稱為共病），面對非常真實的不舒服，在許多醫療科（心臟科、腸胃科、耳鼻喉科……）之間尋求解答，卻不可得，家人朋友也漸漸質疑病人焦慮症狀的真實性，懷疑是否因為想吸引注意力和逃避責任而產生這些不適。

病人在焦慮發生時，其實不應該因此牽動情緒、行為，任意改變治療，只要規律地使用原處方藥物，靜待它自己消弱，就會有最好的結果。但是要度過這段焦慮不適的時間，並不容易。書寫在許多焦慮發作的時刻，是穩定情緒，探索自我的有效方式。

失眠也是躁鬱症患者很嚴重的困擾。安眠助眠藥物的使用往往成為必要之惡，甚至有些病人拒絕穩定情緒藥物的治療，只願意服用安眠藥。這種做法有兩項風險，首先對於未來可能發生的躁期或鬱期失去預防的能力，其次沒有適當調整腦中神經傳導物質，只靠安眠藥打昏大腦，很容易讓安眠藥物的耐受性產生，藥效變差，藥量增加。

童童在這方面是個模範生，她對於安眠助眠藥物的使用有節制，也願意誠實地與我討論。即便用藥，也無法避免有時夜半孤枕難眠，憂鬱焦慮來襲之際，她也是靠著書寫度過漫漫長夜。誠如張愛玲所說「我們都是寂寞慣了的人」。

在我的請求下，童童在二〇一四年參加精神健康短文創作，獲得第一名。在治療中，我們重新審思「作者」這個身分對她的意義。很高興她決定重新整理文稿，再次出版這本書，在我眼中是她另一次揚帆出發的訊號。

除了已經進行過深度思考外，童童在網路上的人際關際處理也讓我印象深刻。

雖然已經照顧她這麼多年，但是當童童要我為她的書寫序時，我驚訝了。看過這本書，讓我更認識她，也更瞭解她失去了什麼。

一個充滿藝術陽光的心，被躁鬱症的惡魔囚禁，還辛苦地喃喃自語，構成了這本書。

很多人不知道，躁鬱症患者一年中約有一半的時間，情緒不平穩。而這不平穩中，三分之二是達到重度憂鬱程度。所以，我的工作，大多時候是在看著她對抗憂鬱，如何把自己從情緒的爛泥中拔出來。我只能夠像啦啦隊一樣，在旁邊大喊加油。調整我處方的藥丸，看看它們能否變成精力湯，讓她跑快些。

最後，讓我引用她書中的幾句話，與孤單憂傷的靈魂們分享，希望他們也開始自己的書寫治療之旅，迎來有意義的人生。

難免我們會失去信心，難免我們會否定自己，重要的是找回自己存在的意義。
即使有輕生的念頭，即使有低潮的時刻，只要能夠熬過，就是找回自己的開始。

——〈找回自己〉

那封寫好的遺書，就當作告別失落的自己。
守著深夜時分，也許無聊，也許求救的電話。

——〈凌晨三點的電話〉

面對過去的感情，我清楚記得所有發生的點滴。值得感動的，我收著，令人心碎的，埋在最深沉的角落。讓所有的記憶，都保有屬於它們的位置。

——〈愛過，必留下痕跡〉

當我可以敘述過往，而不掉任何一滴眼淚的現在，就真的可以結束故事了吧！

——〈最初的愛戀〉

【推薦序】那一頁凝結的記憶

東方設計學院　表演藝術學位學程助理教授
音樂、文字工作者、演員
張永智

擷取時間的片刻，駐足在微痛的曾經，以一把淺露鋒芒的利刃，狀似雲淡風輕地刨挖著心底深處那業已乾涸的傷疤，誠實地咀嚼著一種千帆過盡的腥甜，依舊力圖維持生命中那僅存的優雅，好令人心疼！

記憶中，妹妹在舞台上總充滿著爆發的能量，彷彿一不小心便要衝上九霄雲外，自由飛翔。那堅韌、那叛逆、那不肯認輸的青春，都曾經那麼恣意地綻放過。

端詳這文字，每篇彷若時間的停格，打開的那一扇扇窗，於我而言真真是既陌生又熟悉；陌生的是那舞台上綻放著陽光般熱能的妹妹，怎麼有著如此細膩感傷的筆觸，情感所到之處都像是靈魂被一層熱油燙過般的煎熬，有時，還會驚然那深不見底的黑，裹著一種幾世走來的惆悵，那筆底下的滄桑揉摻著浪漫，總讓人不自覺地想起上一世紀那些曾經拿生命在凡塵中放肆愛過的女作家們。

然而正因為這份陌生，勾拉起我生命中青春那時的諸多熟悉，我們原來都曾那麼奮力地去擁抱屬於生命、屬於青春或屬於愛情的那顆火球，即便傷痕累累也在所不惜的傻勁兒，其實是令人稱羨與懷念的。

我於是明白，過去妹妹舞台上的那股熱勁原來是建立在生活那諸多壓抑又不願放棄的掙扎與糾葛裡。

辛苦了，我要說。

但正因為這樣的辛苦，所以你得以創造了這些如珠玉般的或說反省或說紀實或說夢想的文字，讓我們跟著你一同咀嚼，你將舞台上的能量轉化到這個文字的世界裡，很任性地，很自由地，很酷很倔強地堅持著你要的筆鋒與調性，我知道，出版社的編輯肯定是拗不過你的，你略帶復古式的文風，純粹到不見得能順暢地走在這個充滿FB、LINE甚至YOUTUBE的網際網路的浮動世界裡，但我敢肯定，一旦愛上你的誠實，你的赤裸，你的血腥，還有你那某種自虐式的自我鞭笞，就很難再離開你。

你的勇敢，正在於你用文字告訴了大家你是多麼的不勇敢。

平凡世界中大部分的人，都在偽裝勇敢，偽裝正常，因為他們害怕脫序，而只有希臘悲劇中的先知與瘋婦才能裸裎地遨遊在這方天地之間；你願做先知或瘋婦？大隱於東海岸上的美麗小城中，維持著一個微妙的距離看著擾攘都會中酒綠燈紅，這興許是天啟的任務吧！終歸你是要以另一種姿態來和世人們交流些什麼的。

我不擅以什麼主流文評的方式來評薦作品，我喜歡感受的是作者的心，喜歡欣賞的是流動在字裡行間中的偏執與衝動，這些作品感覺在創作時間上雖有些新舊並處，但其實一點也不衝突，也正因為這樣，所以我們得以窺見一個創作者在時空轉移過程中的成長扇形；而這本書中的每一篇作品都足以扣擊著我們記憶中某一塊可能缺漏的記憶，因此與其說這些札記是一篇篇的散文，倒不如說它其實是一個個幫助我們扣緊生命記憶拼圖的滑勾。

多話了，我想。

接下來的風景，實在還是要你親自跳進去，才能有真滋味啊！看書吧……

【推薦序】一個傻的用自己生命去寫東西的人

台北流行音樂電台 POP Radio FM91.7
周末音樂BUFFET
ＤＪ阿讓

其實當你說要幫你寫序的時候，我是真的猶豫了一下。（我是誰啊？寫序這種有身分有份量的差事！怎麼排隊都還輪不到我吧！）

你說：只有我有經歷過你那段生生死死的歲月，（當年都經歷過了，結果你現在還逼我寫序!!）所以我也只好開始思考要怎麼寫。（是啊怎麼寫？）

當初為何猶豫沒有馬上答應？

因為我們曾經歷過的那些生死夜晚的記憶，其實就像一個潘朵拉的盒子，打開了，好的壞的，愛的恨的，面對的逃避的，全都會回來，那些時光，我滿想就此讓它埋藏在過去！

而且，我不再是當年那個天亮說晚安的ＤＪ，也不是當年那個深夜沙啞嗓音說故事的假文青，今日宛如金魚的我，只擁有十秒的記憶力，已想不起過去曾有的事！連ㄅㄆㄇ都會拼錯的我，也不是那個寫得出能說服自己東西的人，但既然答應了，還是只好硬著頭皮寫了！

所以這段才是序喔，哈哈哈！

我已經記不得我是認識桐桐還是童童先，我也忘記了我們之間認識的過程，我只記得，她是我認識用自己生命去寫東西的人，是的，一個知道何謂生命代價的人，一個傻得用自己生命去寫東西的人。

對她來說，生命不只是十三筆劃的兩個字，是經歷過許多絕望叫囂的生死夜晚後換來的點點滴滴累積，所以她的文字裡，有著說不完的故事，或是該說她就是用生命來訴說著這些曾發生的故事！

朋友啊！一路以來，我們都努力的讓我們的生命活得精彩！拼了命的在自己身上貼滿了鑽石，希望能散發光芒溫暖我們周邊的人，卻忘了貼鑽的人生只能反射照亮他人並無法讓自己發光，忘了藏在外表裡最真的自己才是那顆能自發光芒的鑽石，經歷多年生命淚水的刻鑿，是時候，拍掉一切身上的灰塵，露出最真的自己，開始散發你鑽石的人生！

¡Animo！加油！我的朋友！我以妳為傲！

【自序】和脫逃的靈魂對話

深夜，大家都睡了的時刻，並沒有任何可以對話的朋友醒著，除了我的影子，那個脫逃的靈魂。

我們時常在深夜裡交談，處在兩種極端的世界，我和我的影子，總是交換著不同的心情和想法，雖然望不見彼此的形貌，卻能輕易明瞭對方的心緒轉折。

後來，這些談話的內容變成了文字。

有的時候是她振筆疾書，有的時候是我娓娓道來。脫逃的靈魂與操控的身軀，往往運用各種不同的書寫方式記錄，關於我們那樣極端的性格。

我和我的影子不斷辯證，究竟怎樣的我才是真實的。其實，我也想知道。關於我，關於童童，究竟是什麼樣子。

那些樂觀與悲觀交錯形成的故事，逐漸構築出我們的樣貌。我們不斷地探索，也不停歇地書寫著。生活的點滴，情緒的起伏，甚至生命的每一片段，藉由文字織就成綿密的網，不許時光的洪流將它吞噬。

那些生命中的記憶，總像不斷重複播放的影片，在某些靜謐的時刻，就要引領我回到當時的情境。

而回溯的旅程除了甜美的記憶，難免也要重新經歷那些痛徹心扉的悲傷。擁有這些回憶，我和我的影子益發清晰見到此刻的自己，此刻的童童。

最真實的童童，其實包含了我和我那總是因為害羞而脫逃的靈魂。

我是如此幸運，能夠和我的影子一起走過那些歲月。脫逃的靈魂遊走在生命的輪廓上，自成路徑，帶領我重新溫習生命帶來的感動。

在深夜之中和自己脫逃的靈魂對話，快樂與悲傷齊步開走，我的深夜，再不寂寞。

【再序】活

最初最初，醫生開出的診斷是憂鬱症。而我反反覆覆的康好復發經歷了好多年，才真正確診，其實我罹患的不是憂鬱症而是躁鬱症。突然，一切都明朗了。

而我，必須感謝我的躁症。在我歷經重鬱的那兩年，穿越生生死死的兩年，所有人包括我自己都覺得再也挺不過去的時候，我的躁症突發了。

短短兩個星期，我的朋友看著我從滿身是血的慘烈狀態突然轉變為充滿了動力積極生活，所有人都認為我經歷了一次誰也無法解釋的奇蹟。他們說，妳又成功創造了一次奇蹟。當時的我，新生出那樣強大的能量，只知道趁著那股力量一鼓作氣地拚出一條生路，卻沒有想過，這個奇蹟其實來自於我身上的躁症。

我經常的說：與其對一個尋死的人說不要死，還不如告訴他怎麼活。尋死的理由千千百百種，我們不一定能替他找到問題的癥結，也不一定有能力替他解決他面臨的困境，但我們可以為他尋找活下去的方式，即使很艱苦也能活下去的方式。

當憂鬱鋪天蓋地而來，眼前看到的盡是漆黑，哪裡還能看到出路？尋找一個活下去的理由，尋找一種活下去的方式，比起勸退死亡更有效率。因為我相信大多數人都具備了求生的本能，只是在病症的折磨下，一時找不到出路。

曾讀過一位病友寫道：「不要用已經康復的勵志心態和我說話，我討厭你們勵志的惺惺作態。」當時我看了一陣難過，因為我讀到那篇文章的時候，文章的主人已經不耐病症折磨而選擇自殺。我遲了一步，來不及告訴她，不是這樣的。也有像我們這樣同時在憂鬱中泅泳的同行人，沒有誰比誰好，沒有誰比誰糟，只以相互扶持一起加油打氣的同行人。也從那一刻開始，我不斷提醒自己，既然我與病友站在同處，那麼就更應該寫著貼近真實的文字。血淋淋的疼痛，酸楚楚的憂傷，殷殷誘惑的死亡，這些都真實存在。

但是，善意的問候，溫暖的擁抱，這些也是真實存在的啊。我們雖然身處病症之中，不等於我們就要放棄生命裡的美好。即便美好只有一些些，我們依然可以用那些微薄滋潤乾涸的心靈。就像在沙漠裡，小小一滴水珠都能喚醒生存的可能，更何況我們擁有的不只是那一滴水珠。

然後在某個未知的時刻，我們能彼此開心的互擊雙掌，歡呼我們活著，真真切切的活著。

目次

輯三　追求幸福的權利

輯四　呼吸，才能愛的更多

附錄　憂鬱症答客問

輯一
在我心中，你是自由的

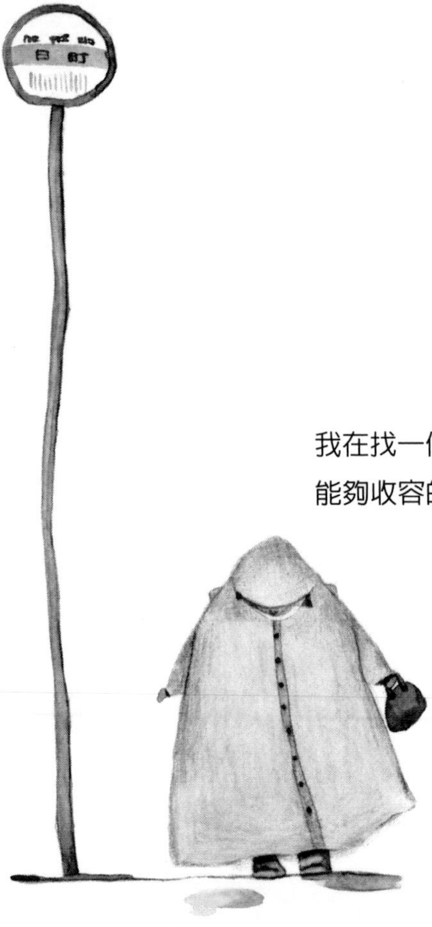

我在找一個可以寄居心靈的位置。
能夠收容的，就會是長久居留的地方。

五十五封想念

信箱出現五十五封驚人的數量。

情緒霎時間提升，呼吸加快。

希望，其中有一份，來自於你的問候。

我不由自主的這樣希望。

已經收了三十八封。除了那些無趣的轉寄郵件，沒有一封熟悉的你。不想浪費時間閱讀，我全數砍去，專心的繼續等待跑得很慢的網路。

真的很慢啊！我還可以穩穩當當的吃完剛剛買回來的晚餐。順便，還折疊起下午洗好的衣物。

第四十一封，還是沒有你的名字出現。

我懶懶的看著螢幕上出現的名字，那是一個有著甜美笑容的學生，很順應時勢的寄出一堆別人給她的動畫檔案。可是，現下的我，竟只想撥出她的電話，兇狠狠的要她別再寄了。

實在很討厭收那些轉寄的信件啊！當然，偶爾出現一兩封，我會很開心的閱讀著。想想那些按出轉寄按鍵的朋友，希望我分享怎樣的心事。會轉寄信件給我的朋友不多，因為大多知道我不喜歡被寄爛了的郵件。除非，朋友特意叮嚀要我開啟。否則，我一向在看到轉寄的標示時就砍除。

第四十五封，仍然不是你。

我的耐性已經快被磨光了。用力敲下刪除鍵，把那些涎臉笑著的轉寄全數送進垃圾桶。很像一次大屠殺，我的嘴角卻噙起冷酷的笑意。

第四十八封信，我竟然看到一堆漫畫。

恨得牙癢癢的決定，下次上課，一定要再次鄭重宣告，所有的學生都一樣，永遠不准轉寄那些無聊的郵件給我，永！遠！不！准！

要有耐心，人家說好酒沉甕底，可能，你的問候淹沒在那些討厭蟲之中，我要等著拯救你那可憐的紙條。

第五十三封

沒有你的蹤影。

只剩下兩封的機會了，關於，可能見到的，你的問候。

第五十四封。是一個販賣遊戲軟體的網站，不是你。

第五十五封。真的，沒有你。

好了！一共五十五封的信件，沒有一封來自於你。五十五封的垃圾，我一口氣全數丟了。

很糟的結論。我竟然，還是想你！

沒有對你說過，我愛你

是的，我從來沒有對你說過這樣的話。在我們相識了這麼多年的今天，我仍然說不出口。認識你，是高一那年的夏天。一次校刊研習營的活動，我們被編派在同一組。那次的營隊，你為我拍了兩張逗弄麻雀時的照片。不知道為什麼，那兩張照片的影像一直很難讓我忘懷。可能，難得有人能夠拍到我那樣放鬆的姿態吧！

差一點兒，我們就走在一起了。

沉默的你，看著我和初戀情人的交往及分手，卻從來沒有告訴我，其實，你也想和我走上這樣的一段。但是，你卻容許我不斷在你面前耍賴，即便是賴在你的身上撒嬌，或是嚷著要牽你的手一起玩耍，你都不曾拒絕過。你對我，幾乎是寵溺的包容著。

時機總是不對，對我們來說，就是這樣。即使我可以這麼耍賴，即使你可以這麼寵溺，終究，我們說不出口的，還是說不出。

即使，我是你第一個親吻的對象，在我們決定要嘗試走在一起的時候。

今天，在耶誕節的祝福之下，我親了你，在唇上。一秒半的時間，不多不少。這是我能夠給你的祝福。安心的承接，屬於我們彼此的溫度。

但，只能維持一秒半，再長了，就會失溫。

沒有對你說過我愛你。存放在心裡的情感，讓它這麼流著，就好。

原因

為了什麼，我突然想到你。

是那一首歌嗎？

和你容貌相似的歌手，清秀乾淨的面容擄獲眾多少女的芳心，你總愛聽他的歌。而我直到離開了你，才發現你們的神似。

是那一場雨嗎？

在我倉皇逃離你的住所，天空飄下的綿密雨絲浸濕了單薄的衣裳，和著淚水流進心底。濕涼的空氣，引動那夜的無助。

是那一朵花嗎？

綻放在飲盡的酒瓶，象徵純潔的白玫瑰。還來不及宣示美麗，就凋零眼前，預言了我們的感情。

是那一壺茶嗎？

你笑說要沏杯茶，讓我在清香中拋去塵世的憂傷。直到我們分開仍然沒有飲上這樣的一杯茶。

是那一個吻嗎？

在我們戰戰兢兢決定彼此的關係之際，你突然襲來的親吻。很久，沒有被人這樣吻著。我屈服在你溫柔的掠奪之下，決定了我們的未來。

是那一盞燈嗎？

知道我害怕日光燈的慘白，你再不打開那樣的燈光。依順著我，開始了暈黃的光線。或一盞黃燈，或一抹燭火，你讓住所流動我習慣的光線和香氣。

究竟，為了什麼，我究然想到你？

沒有原因，沒有答案。只是，這樣想到了你。

我的小傻瓜

小傻瓜本來不是叫做小傻瓜。認識了一陣子之後，我才知道，原來我認識的是一個真真正正的小傻瓜。

說小傻瓜，其實是從我開始的。不過，可別以為是我的劣根性又發作了，這次，我發誓真的沒有欺負人呢！聽聽我說小傻瓜做過的傻事，就會知道，為什麼我要喚他小傻瓜了呀！

小傻瓜會在我要賴的時候，痴痴的笑著，然後給我一個手足無措的抱抱。

小傻瓜會在我不快樂的時候，悄悄的送出逗我開心的信件，然後輕輕的說，我不放心妳。

小傻瓜會在我的聊天室偷偷留下想念，然後又忍不住發一封e-mail確認我收到了他的想念。

小傻瓜會在第二天必須早起的時候，還強打著精神陪我胡言亂語，然後認命的精神恍惚一整天。

小傻瓜會在我說要帶著他一起旅行的時候，大聲說好，然後發現其實他塞不進我的行李箱。

小傻瓜會在我開始喚他小傻瓜以後，傻呼呼的告訴我，小傻瓜這名字還不錯聽，以後可以當成他的新綽號。

這是我的小傻瓜。傻的，讓我微笑了起來。

我的想念，漸次凋零

你的照片還貼在我的筆記本。

那是隨著我四處奔波，甚至遠赴異鄉，安撫我的護身符。

這麼久的一段時間，我總不願意開啟新的筆記本，寧願就這樣，讓你的照片，跟隨為你記下的點滴，一直一直放在我的身邊。

他們以為我逐漸淡忘了你，淡忘那些曾經美麗的關係。他們並不知道，每到夜裡，那些沾濕枕畔的，都是想念你的淚水。

我以為，過了月圓的期限，心房租約就已經到期。誰知道，這裡的布置，就只是為了你一個人，再住不進其他的房客。

親愛的魔法主人，我還是很想念你。

雖然，我的想念，已經凋零在風中，散成一片淚霧。

我，仍然想念你。

如果，你不在……

佛手柑的味道在小窩流竄，少了月桂玫瑰的甜膩，多了乾淨清爽的氣息。

「今天，你過得好嗎？」本想捎出這樣的短信給你，幾次打下你的信箱，又放棄。

沒有收信人的新郵件，不斷開啟又關閉。信件的內容，卻是千篇一律：「今天，你過得好嗎？」

你不在線路的那頭。問候，要孤單的在信箱躺上許久。不忍讓它在等待中凋零，只好，忍住它想飛奔的念頭。

你在嗎？是不是趁著我不注意的時候，偷偷閱讀過我的心事了？

你不在嗎？怎麼每次我的失意都讓你撞個正著？

你到底在不在？在不在？能不能透過文字嗅到我為你點燃的想念？

如果你在，請聆聽我的聲音，請撫慰我的心靈，請注視我的想念。

如果，你不在……

特殊的喜歡

在你面前，我永遠沒有辦法只是柔軟。總是跋扈得像個女王，就算在軟弱的時候，也不願依靠你的肩膀，只用女王的方式，驕傲著。

將近半年的分離，直到昨晚，才讓你聽到我的聲音。

我莫名的多話，你依舊習慣沉默，只是擔心的問了：「妳過得好嗎？」

「還不錯。」我說，「剛考完試呢！」

「研究所？」

「嗯。」

然後，又陷入了長長的沉默。電話的兩端我們各自醞釀不同的心事。

突然，我就問了蠢問題：「戀愛是什麼？」

「特殊的喜歡。」你不訝異我問的問題蠢，只是懷疑，我怎麼會提出這樣的問題。

「那怎麼樣才是愛一個人？怎麼樣才能知道被愛了？」我的問題一個比一個愚笨。

「會知道的。」你說：「特殊的喜歡，會變成愛。」

「所以，你以前對我也是特殊的喜歡，那你當初喜歡我什麼？」我像溺水的人，緊抓著你，不敢放手。

你不說話，只是笑了。

「真的想知道啊！」我很委屈的說，「我不知道自己還有什麼地方可以讓人喜歡。」

「就是喜歡妳這個樣子，」你終於告訴我，「那時候的妳，和我的安靜完全不同。妳有一種能力，讓人變得活潑。」

我不知道該不該相信你的說法，畢竟，我的熱情已經慢慢消褪，不像以前你認識的我。對自己都失去了熱情，又怎麼有能力引領別人？

「我們只是陰錯陽差，錯過了。」你還在試圖安慰我，當年我的決定並沒有錯，並沒有傷害你。

好歹，我被你特殊的喜歡過。

謝謝你特殊的喜歡。於是，我可以繼續我的驕傲，繼續我的跋扈。

謊言

信箱每天吞吐著信件，但是依然沒有你的消息。發出最後一封想念之後，連帶我也安靜了。

你好嗎？心情快樂嗎？我問不出的話語，只能在這裡輕輕說著。

學著不依賴你，學著給你一個安靜的空間，學著自己處理那些關於想念的情緒。我不再緊緊追著你，不再送出那些綿密的寂寞。

說我不在意了嗎？那是連我也不願意相信的謊言。

只是，沉潛了那樣的思念，沉潛了那樣的等待。

天亮了。今天會不會出現美麗的陽光？剛剛飛過窗邊的鳥兒，啾啾叫出的，是不是新生的希望？

讓我再說一次謊吧！

我，一點都不想你。

最初的愛戀

因為勸一個朋友對感情要看得清，我終於重新回溯了我的初戀。很長的一段時間，其實不讓自己再揭開結痂的傷口。即使困鎖在憂鬱的窗口，也不讓自己回憶關於你的一切。於是，我們，不再彼此問候。

是我學會冷漠，還是你學會寡情？或是，我們都學會了放手？

人家說，我們的過往就該是刻骨銘心了。我說，刻的是我的骨，銘的是我的心，至於你，甜蜜幸福的和另一個人過日子就好。我願意祝福，卻不願意介入。

我和你，是個很長的故事，早在數年前就該劃上故事的句點。在我們都還惦念對方的時候，就該畫上的句點，卻因為太多不捨而遲遲未能落筆。

當我可以敘述過往，而不掉任何一滴眼淚的現在，就真的可以結束故事了吧！

你是我最初的戀人。這樣的位置，不會因為時光流逝而改變。

只是當我不再為你落淚，不再為你心神俱碎，最初的愛戀，也就要這樣慢慢淡出我的生活。

我愛你，一如往昔

很久沒有這樣聽你說話。

昨晚，我們開始，屬於深夜的對談。聽到你沒事，我感激的眼淚奪眶而出。還好，你信守了你的諾言，將看過醫生之後的第一手消息，用手機傳遞過來。

我滿滿的滿滿的開心。

聽到你的聲音恢復朝氣，充滿陽光的聲調，我除了感激，不知道還能如何訴說心裡的感覺。你明白我的擔心，於是笑了。

「醫生說沒事呢！」你輕輕的說，「所以，別擔心了。」

「那就好！」我帶著哽咽的聲音其實充滿喜悅。

「妳呢？過得好不好？又哭了？是不是？」

是的，哭了。但是，這次心甘情願的掉著眼淚。

你聽著我的情緒，就像我們一直沒有分開過。

「我終於接受了這個世界。」你說。

我知道，我知道，我真的知道！所以才能為你流著心甘情願的眼淚啊！

你多麼埋怨這個世界對你的不公平，我比誰都清楚。當然，我也比誰都明白，你花了多大的力氣得到這些認同。所以，我一直心疼你。所以我一直在這裡守著你。

你嘆了一口氣：「還是只有妳懂。」

我該笑的，對嗎？彼此的默契是花了多少眼淚和心碎換來。

對話斷斷續續的持續，我們卻不希望結束。聽著你的聲調，不疾不徐，我突然就平靜了。

我要你看看我最近閱讀的書，你笑著應允。

我收著你對藝術的狂熱，這是你要我收在保險箱，為你保管的部分。細細收著，不敢弄丟鑰匙。怕你有一天需要的時候，卻找不著了。

「也擔心妳。」你的聲音，究然低了下來。

我很安靜的承接你的擔心。沒有負擔的，安靜的，接受你的擔心。我們在各自的生活圈努力著，對彼此的擔心，卻從來沒有減少。不分享愛情，我們的關係更貼近，更像親人。

經歷過這麼多風雨，還能這樣深愛著對方，這是我們花了多少力氣才得以完成。

「十年前，我可以輕易閱讀妳的情緒，十年後，我當然也可以。」你驕傲的說著。

那麼，我也是的。

清晨六點，你溫暖的聲調和我軟軟的聲調，共同許下願望，讓過去雲淡風清。不停下腳步，我們繼續為各自的未來衝鋒陷陣。

不關乎愛情。

我愛你，一如往昔。

正如，你愛我，一如往昔。

簡短，卻溫暖

你來了一封信，簡短的對我說了些話。不到一百字的內容，我卻花了將近兩個小時閱讀。反反覆覆，看著文字在螢幕上站著，對你的想念，席捲而來。

你問我，是不是能夠懂得沒有說出口的掛念。

你問我，是不是明白簡短的書信夾帶著思念。

和你交換了這麼多心情，和你交換了這麼多夜裡的寂寞，和你交換了這麼多，屬於文字的故事。

這些情緒在夜裡沸騰喧囂，卻在我們心中駐足停留。

你再不耐煩電子報龜速的寄送，將我的心情遲到的送進你眼裡。你開始進駐這裡，你無意中發現的，我的祕密天地。

閱讀，變成了即時的心情交流。常常，在我點下傳送的按鍵時，就要想著什麼時候你會讀到這個篇章，什麼時候，你會發出下一封信，告訴我，你的想法。

你固執的堅持你的安靜，我固執的堅持我的書寫。

我們彼此固執的，用自己的方式，關心。

關於你

之一，你有一雙大手

你有一雙大手。雖然沒有真切握過，卻能感受手中傳遞的溫度。

那溫度，炙熱的燙了心。

平躺著身軀，悄悄將手伸向天空，我比擬著，你的大手握住我的弧度，假裝你就這樣握著我的手。

失眠的夜，我依賴這樣的想像練習，讓自己安心。

那雙手，是可以遮風避雨的嗎？指縫間，是不是能透過陽光的暖意，並且阻絕紫外線的侵擾？骨節分明，乾淨修長的手指。會是溫柔握住我，還是蠻橫的緊抓不放？

輕輕撫過照片中的那雙大手，我很想，真真切切的，握住。

之二，溫柔的眼睛

你要我，打開我那雙溫柔的眼睛，看這個世界。
我有那雙眼睛嗎？溫柔看著這個世界的那雙眼睛，我也有嗎？
真正溫柔的眼睛，是你。讓我在不安時刻，安靜下來，這樣的一雙眼睛，透視了我的心。
好久沒有溫柔過了。封閉了溫柔的通道，我只讓堅強成為自己的堡壘。曾經柔軟的心，慢慢硬化，找不到治療的方式。你帶來了溫柔的氣息，溫柔的方式，讓我慢慢重新學習柔軟。
真正溫柔的眼睛，是你。

找回自己

深夜的電話，總帶著求救的意味。

「我幾乎要下了一個很嚴重的決定。」朋友在電話那頭緩緩的說著，「遺書都寫好了。那一刻，突然不知道自己為什麼要活下去。」

我不擔心。別說我冷血，我只是明白，那個難熬的時刻似乎已經成為過去。於是我只是安靜的聽著，專心的承接她的情緒。

「發現失去了自己，所以才想結束。」她這麼告訴我。

「不是結束喔！」我試著讓聲音傳遞溫度，「是另一個開始。找回自己的開始。」

的確。即使有輕生的念頭，即使有低潮的時刻，只要能夠熬過，就是找回自己的開始。難免我們會失去信心，難免我們會否定自己，重要的是找回自己存在的意義。

就算這個意義只對自己有意義，都是重要的意義。

我很高興，妳決定要找回自己。那封寫好的遺書，就當作告別失落的自己。整裝待發，我們願意陪妳一起找回屬於妳的，自己。

愛過，必留下痕跡

很多人的愛情。轟轟烈烈，留下許多帶血的痕跡。

這些傷痕，也許痊癒，也許結痂。

但，心頭的痕跡卻難以抹滅。

愛過，必留下痕跡。

不管這些痕跡是苦是甜，終歸是一場歷練。

熟識我的朋友，大多為我曾經歷過的感情嘆息。

然而，我必須慶幸。

經歷過這些愛戀的苦痛，才真正成就了現在的我。

很久以前曾經說過，遺忘和回憶，我寧可選擇後者。

徹底的遺忘，往往必須連最甜美的記憶也一起抹去。

回憶，卻可以只揀選最美好的部分。

面對過去的感情，我清楚記得所有發生的點滴。

值得感動的，我收著。
令人心碎的，埋在最深沉的角落。
讓所有的記憶，都保有屬於它們自己的位置。
直到，這些記憶都沉潛在心底。

愛與不愛，進退兩難

我說過這樣的話，「愛與不愛，進退兩難」，我知道。「愛」這樣的字，如果只是名詞，就簡單得多了。每個人身上都有，不論多或少，都存在著「愛」這樣東西。變成了動詞，「愛」就難得多。

最起碼，我這樣覺得。

親如姊妹的朋友，在排戲的過程對我說過：「妳是一個很難說愛的人。」我想，她是對的。我的確很難開口說「我愛你」。

不知道是不是一種無法言喻的約制力，我，不輕易談戀愛。即使談了戀愛，也很難告訴對方，我愛你。

可是又知道自己是無法不去愛的。

於是，我學會在愛情之外，找到更多愛人的方式。

可以對家人說愛；可以對朋友說愛；可以對學生說愛。

對這些生命中重要的人，仔仔細細，好好的愛著。
只是，面對愛情，我難免還是退縮。
期待但惶恐，渴望卻排拒。
愛與不愛，進退兩難。
我總是這樣覺得。

戀而不愛

總是強調，我們之間是沒有愛的。

男女之間的情愛，充滿未知的變數。單純的喜歡對方，反而沒有顧忌。

你不是我的初戀，卻是我在傷痕累累之後，第一個真正喜歡上的對象。

我不是你的未來，卻是你在疲累奔波之後，難得可以輕鬆交談的對象。

是你教會我如何簡單而純然的喜歡，是你帶領我離開自哀自憐的憂傷谷底。

雖然你總是不能明白，當初我為什麼這麼堅定的知道自己喜歡你。

雖然你總是不能了解，為什麼我可以那麼篤定那不是一時的迷惑。

經過這些時日，你和我，同時頂用一樣的名字，見面時互相戲稱一號與二號。這樣單純的喜歡與歡欣，已經慢慢證明了我當初告訴你的一切。

我還是很喜歡你，甚至戀著你。但，不愛你。

戀而不愛，是我們最好的距離。

經過幸福，只是經過

閒閒散散的晃著，就經過了那天你帶我去的攤位。

幸福四神湯仍然傳來陣陣誘人的香氣。

我沒有停駐，反而快步走過。眼神，卻忍不住在攤位逗留了一會兒。

讓視覺幫助我回憶，那一碗，幸福。

北投有很多屬於我們的記憶。

你對北投的熟悉，來自即將和你攜手步入教堂的女友。

我對北投的熟悉，卻充滿了屬於你的溫柔。

腳步離開了幸福的四神湯，回家的路上卻又經過嘉年華冰咖啡店家。

「可以吃到冰淇淋、咖啡凍，還可以喝到冰咖啡，很幸福啊！」這是你一臉滿足對我說的話。

在我去年的生日過後幾天，你和我出現在那裡，點了兩杯嘉年華冰咖啡，當作遲來的祝福。

這些都是我滿滿的幸福回憶。

而就在剛才，我一一經過這些幸福，
只是經過。

在我心中，你是自由的

先前一場極其荒謬的鬧劇，我確實已然失控。謹慎小心，卻不得其門而入。而對這麼多熟悉與陌生，心力交瘁。

背棄了你的信任，是嗎？若你明白，背棄你的同時等於背棄自己長久以來的信仰，你當了解，我的文字透出的哀淒。

我收著許多，藏著許多，卻不知道屬於自己的能交付誰。或許誰都不該，也不能。

我穩不住，確實穩不住。即使清楚你這樣希望，還是很難穩住。波濤洶湧的情緒，挾帶過往痛楚的記憶而來。前熬著，只為了讓自己信服，是真的愛與被愛過的。

在我心中，你是自由的。是風，是海，是自由。

那一夜訣別的對談，不斷在我腦中浮現。自從那夜，任你決定你的來去，就放你自由了。

受困的，是我。

於是害怕，於是膽怯。那是撕扯，那是心碎。

那是，再也不願碰觸的痛苦。

原諒我的草木皆兵。靈魂早失去辨識的能力。當現今與過往交疊而生的此時，更是如此。

退縮回自己的世界，讓我舔舔傷口，才能再度以笑容面對你。

別為我擔心，要知道，我更擔心的，是你。

你，幸福嗎？

昨夜失眠，腦中突然閃過一個念頭。

「被兩個女人愛著的你，幸福嗎？」

也許是幸福的。

擁有的關愛變成了複數，連帶被呵護的情緒，也呈正向成長。

這兩個女人呢？

是不是也一樣幸福？

我不敢回答。

沒有人愛著的時候，總要先堅強自己，讓自己學會一個人生存的勇氣。

有人愛著了，又往往挑三撿四，嫌棄這個討厭那個。

這是人們的通病。很難被一眼看穿，卻又了然於心。

愛了不幸福，不愛也不見得就會看到幸福。

我們總是追逐幸福的蹤影，卻找不到真正接近幸福的方式。

那，你幸福嗎？

當你發現，其實，我已經沒有那麼愛你了，會不會，讓你更幸福一點？

欲淚的心情

多少，是有些情緒的。
昨晚回家之前，繞到了你居住的地方。
只是坐在車上，遠遠的望向你窗前的燈光。
你，在家呢！我心裡微微的激動著。卻沒有上前按門鈴的衝動。
只是想這樣遠遠的看看你，看著那一小方窗口透出的燈光。
你對我很好，這是她們一直不能理解，為什麼在你傷害我之後，我還能笑著看待你的原因。
大概只有你對我是無所求的。
從開始到最終，一直無所求的對我好。
傷害我，也讓你的眼眶紅了，不是嗎？
回轉小窩的路途，我彷彿見著那一方窗下，你的笑臉。
於是，我也笑了。
卻在笑容的背後，看到欲淚的心情。

你的面容

在歌聲中，出現了你的面容。

曾經，在小窩，昏黃的燈光下，流走著這專輯的音律。我跟著哼唱起來，你坐在一旁，很安靜。

以為你睡了，於是我停止歌聲，小窩回歸單純的音樂。

「別停！」你突然出聲，「我喜歡聽妳唱歌。」

懶懶的靠坐在床邊，你的面容在燈光下顯得溫柔。

「不唱了，你睡吧！」我偎向你，把臉靠在你胸口。

「唱吧！我想聽。」你拍拍我，於是我把頭悶在你的懷中，低低的又唱了起來。

你離開之後，我把這張CD收了起來。很難再有興致跟著哼唱。

今晚，這張專輯的聲音再度放送。

我試著讓自己發出聲音，卻發現，找不到那時溫柔的嗓調。

會再出現的，我知道。

那樣的溫柔其實不該被遺忘。

就算，沒有機會唱給你聽，我也會找回自己的聲調。

溫柔的，唱給自己聽。

謝謝你的喜歡

桌上擺著今天下午和你一起買的八號風球。

綠色的球體，吹出涼風的時候，夾帶了強勁的吵鬧。

好久不見的我們，手牽手在劍潭和士林來回穿梭。在各個商家店面跑進跑出，累了就躲進冷氣房啜飲玫瑰冰茶。

「我要說了喔！」先預告了接下來的話可能會讓你罵我，整了整氣息，我打算認真的說。

你輕輕笑著，沒打算阻止我。

「我覺得我很幸福，」選擇了這樣的開場白，「總是遇見很多好人。」

你安靜等待我接著要說的話。

「你是喜歡我的。」一鼓作氣，沒有停頓的炸出這句訊息。

你微微的訝異，我竟然就這樣無預警的說了，卻沒有否定我的說法。

「比朋友多了一些，摻雜著男女之間的感情，卻不是愛情那種喜歡。」我試著把那樣的感覺解釋清楚，雖然，總覺得自己詞不達意。

你又笑了。牽引著嘴角上揚，然後輕輕的點頭。

我們是不會和對方談戀愛的。彼此有太多不同的觀點和差異性，當朋友輕鬆，戀愛卻會變成痛苦。

但我是知道的，關於你的心緒。

你不曾主動牽起我的手，但每次當我輕輕碰觸你的時候，就會自然的拉住我的手。

那種自然的牽手，變成我們共享的快樂。

「那我要告訴你別的故事了喔！」我把視線輕輕轉往窗外，任性的說著我的心事。

我的心裡住了一個人，安靜的不發一語。雖然那樣的安靜，幾乎要讓我沉寂得幾乎發瘋，還是讓他往下了。

你聽著，仍然笑著。因為，我們約定了要當彼此的好朋友。

謝謝你的喜歡，謝謝你的寬容。

謝謝你，我的好朋友。

只是不知道該怎麼說

左邊的膝蓋疼得亂七八糟，走一小段路就要停下來用力敲敲搥搥，好像有什麼蟲子往骨頭裡鑽，很不舒服。背包裡的手機曾經響過，而我未曾發現。可能是恍惚，可能是失神，總之當我發現的時候，已經距離你的來電時間將近三小時。

即使在那樣吵雜的地方，我仍決定立刻回電話給你。也許你是生氣了，周圍太吵鬧，我沒有辦法仔細分辨你聲調的情緒。

「聽不清楚。」我說。

「沒事。」你說。

很快掛去了電話，我站在路邊，不知道這時候應該槌打我的左膝然後繼續閒晃，還是馬上回家打一通能夠聽清楚的電話給你。

小窩這兩天讓我弄得天翻地覆。書和衣物全丟在地板，不想整理。掉落的髮絲在梳妝台前自成一小塊區域，宣示它們也佔領了屬地。

「應該要整理。」我心裡這樣想著，「即使不邀請朋友來家裡玩，還是要整理。」

房間的空氣很悶，就像一個巨大的焚化爐，雖然沒炙熱的火焰，熱漲的空氣形成巨大的窒息感將我包圍。

把窗打開了，把門也開了。風扇對著我拚命運轉，還是很難改變這樣滯塞的空氣。我越來越感到煩躁，還是不知道該怎麼辦才好。

而電話，就沒有撥給你了。

一種很鴕鳥的心態想著：「如果你正在生我的氣，打電話只會讓我更加難過。」另一種海龜的想法：「如果你不生氣了，忙完會打電話給我的。」

總之，我是這樣，沒有繼續撥打那個號碼。

這兩天我的情緒是很怪。突然就悶著哭了一場，突然就氣息奄奄的無法說話。要是嘰哩咕嚕說個沒完的時候，就要說出一些莫名其妙的字眼。

你不明白我怎麼會突然變成這樣，我自己也不明白。而我卻找不到很好的方式讓你了解，現在我的腦子裡究竟轉些什麼奇怪的念頭。

也許，我只是不知道該怎麼說，而已。

那個深夜，我們都悲傷著

你捎了一封短信給我，放在我不常出沒的信箱。時間過得很快，我們的故事，就要滿一年。那個奔於淡水街頭的夜晚，離我們好遠好遠了。

雖然，微涼的空氣中，我總是容易記起，當時撕心裂肺的痛楚。雖然，我總是很難忘記，和你分離的最後一刻，你眼中閃過的淚光。

短短的幾行文字，你還是關心著我這一年來的生活。你說，那個夜晚的歉疚，讓你不敢再和我聯絡。

我讀著你的信，竟然不知道該怎麼回覆才好。

那一夜，我們都濕了眼眶，濕了心情。第二天，當我搭機赴美，眼睛的紅腫其實難掩情緒的波動。

我沒說，你也沒提，卻知道，等我回到台灣的時候，我們就再也不會見面了。

你選擇了一個多麼恰當的時機，離開。

我選擇了一個多麼逃避的方式，面對。

而這一切，在旁人眼中，只是一場鬧劇。

我們在關係的轉換上，總是跟不上變質的速度，總是不明白，為什麼到最後會是這樣的收場。

我們離開了彼此，卻是不爭的事實。

我仍然無法怪你，為著當時你的淚光。我仍然無法怨你，為著當時你的自責。我仍然無法恨你，為著當時臨別的最後一吻。

我們用吻說了再見，然後不再相見。

我嚐到了你的淚水，嚐到了你的口腔淡淡的菸味。我們用濃濃的悲傷，吻著。在淡水深夜飄雨的街頭。

你總是那樣溫柔的吻我，溫柔的掠奪我每一拍呼吸。我陷溺在那樣吻的節奏，呼應你的心跳。

多好！我們是用這樣美好的方式決定在一起，也用這樣美好的方式道別。

不要再歉疚。誰也沒有虧欠誰。我們只是糊里糊塗，這樣走了一段。

那一夜的悲傷，就讓那個吻沖淡了，好嗎？然後，我們才能在重逢的時候，帶著微笑問候彼此：「最近，你好嗎？」

不要因為寂寞才找我

時常聽見你的聲音。白晝、深夜，都能閃過那些聲調。有時嘻笑，有時低迷，有時雀躍，有時沉重。聲音總是傳遞各式各樣的情感，當你對我說話的時候。

我選擇專心的聆聽，關於你說的一切。感情的紛擾，情緒的起伏，甚至讀了一本好書，聽了一首好歌，都是我們話題的焦點。

慢慢的，有些心情開始竄入我們之間。

我變得沉默，不對你的話題多作回應。你的世界充滿我不熟悉的事物，我只能將自己的身影藏匿在不讓你碰觸的角落。

只是因為寂寞才來找我嗎？在你對我傾吐這樣多心事的時候，只是因為恰好那時候我能夠陪伴你嗎？我越想越害怕，越想越寂寞。

很想相信，你不是因為寂寞才想起我。很想知道，你不是因為寂寞才來找我。

不要讓我開始懷疑，我的存在只是因為你的寂寞。那會讓我們之間原有的默契化為烏有，那會讓我們漸行漸遠，那會讓我不知道該怎麼快樂的面對你。

如果不是真心掛念我，請不要來找我。

如果不是真心希望我的陪伴，請不要來找我。

尤其，在你只是因為寂寞，卻又不知道可以找誰的時候，請不要只是因為寂寞才來找我！

面對你，我開始安靜

學著讓自己安靜。

我只是安靜地，檢查每一處你可能出現的地方，看到你的動靜，確定你安然無恙，然後，安心離去。

試著送出一次訊息，讓聲音留在你的語音信箱，輕輕傳送我對你的祝福。

不想再讓你擔心，不想再讓你留下悲傷的紙條。如果我的堅強面對，可以讓你擁有更多力氣微笑，我願意耗盡這樣的精神，堅強著。

他們總是問，我和你是不是還有聯絡。

他們總是問，我是不是還能聽到你的聲音。

他們卻忘了問，是不是，我和你，還能那樣快樂的說話。

我蹣跚著腳步，試著重新學習走路。踏著了鬆動的石塊，就要狠狠的摔上一跤。

疼了痛了的身軀，拚著一口氣站起，還來不及哭泣，就要轉身面對你微笑。

我只能這樣的面對你，安靜。

輯二
和自己戀愛

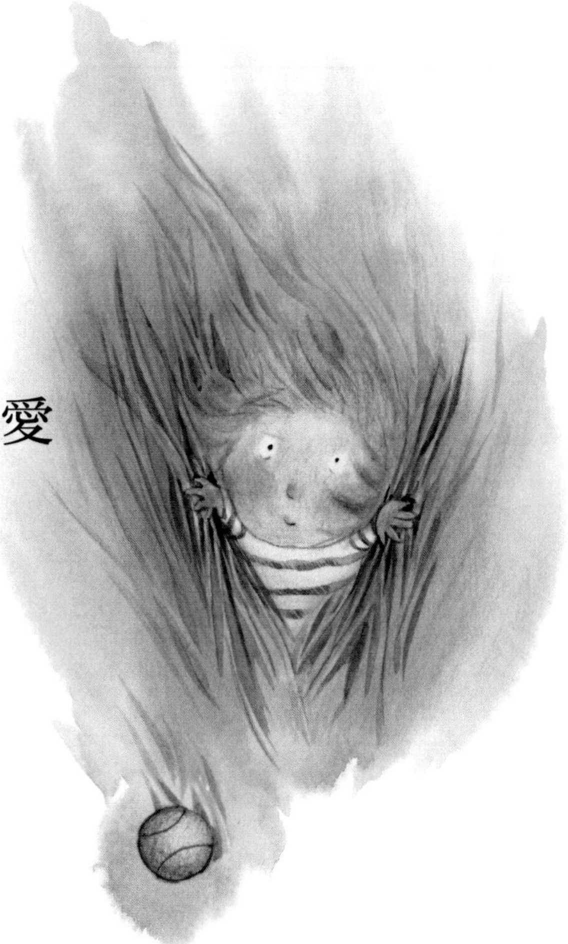

當我很幸福很幸福的時候，
總覺得自己像一株水草。
軟軟的，只能搖晃。

看不見的傷痕

國中的時候，有一個同班同學手上時常出現傷痕。細細長長的，像是被小刀劃過密密麻麻布滿她細瘦的手臂。

不是家庭暴力，我知道。

我親眼目睹了數次。她自深綠色的書包掏出一把三塊錢的超級小刀，表情十分審慎地，在手臂上一刀又一刀劃下那些傷痕。

可以想像那樣的畫面嗎？鋒利的刀面緩緩地割開肌膚，重複的切割，讓傷口越來越深，越來越深。血珠慢慢滲出表皮，滴在白色的紙張上，凝成絕美的淒豔。

「不痛嗎？」那時候我問了這樣一個似乎很蠢的問題。

「比起心裡的痛，這算什麼。」她毫不在意的聳聳肩，讓我感覺自己的發問真是蠢到了極點。

這樣的遊戲，在班上慢慢傳開了，就像一種祕密進行的儀式。

那時候，幾乎有四分之一的人在書包裡藏了這樣一把刀，用來劃下傷痕的刀。剩餘的四分之三，也幾乎都見過這樣的畫面。

直到現在我仍無法理解，當時的導師為什麼沒有發現這樣的情形，班上同學也沒有人去打小報告，就這樣放任血腥味在教室蔓延。

一次數學小考過後，老師怒斥同學考得太糟，而我捧著班上唯一滿分的考卷，心裡懷疑著數學一向不好的我，怎麼突然變成了數學天才。

「這次考試不算分數。」老師的聲音從講台傳來，同學們大聲歡呼慶幸這次抽考不會影響自己的成績。老師頓了一拍，接著說：「因為我懷疑有人作弊！」

直到現在我都記得，全班同學轉頭看向我的神情，就像我真的做了什麼不該做的事一樣。呆愣望向自己手中滿分的考卷，我很想大聲尖叫：「我沒有！」但眾人眼神中透出的不屑，已經深深擊垮了我的信心。

下課鐘聲響了，幾個數學成績向來不錯的同學圍在講桌前，和老師討論數學問題。我坐在教室的尾端，幾乎要按捺不住胸口的屈辱感。

一個同學偷偷摸摸欺近我身邊，手中握著那超級小刀：「妳很生氣對不對？我幫妳解決那些怒氣好不好？」說完，她很迅速的抓起我的左手小指，用力在指腹劃下一刀。

我望著自己的小指冒出鮮血，卻絲毫不覺得疼痛。數學老師在同學的簇擁下離開了教室，並沒有發現我們這個角落發生的不尋常。

「這樣就不會心痛了，對不對？」握著小刀的同學在我耳邊輕輕說著，她的氣息吐在我的耳窩，曖昧得像是我也成為祭典中的一份子。

也許我真的有自虐傾向，我永遠無法忘記，當時心頭閃過的一陣快意。似乎劃下的這一刀，真的為我分擔了心頭無法吶喊的痛苦。

後來，我也成了她們之中的成員。雖然每每見到她們用血寫出的字句，總要被乾涸的血跡引發胃酸嘔吐，還是耽溺在那個小團體裡。

直到我上了高中，而她們紛紛進入高職甚至放棄升學，我才逐漸脫離那樣的世界。

總是有些後遺症的。後來的我，其實很畏懼鋒利的刀面。即使握著菜刀切菜，腳底都要竄出一陣麻顫。

左手小指的傷口很早以前就癒合了。殘存的，只是心頭看不見的傷痕。

那個女孩的身影

國中時期，班上有一個女孩，個子很瘦小，黑黑乾乾的皮膚貼在骨頭上，我常常要懷疑，她的身上是不是有肌肉這種東西。她的髮絲沒有一點光澤，乾瘦的程度，看起來就像是從難民營撈回來的難民。

她身上的制服好像從來沒有洗過，油膩的味道在夏天從她的制服和頭皮竄出，班上的同學都不喜歡和她分在一組。於是，經常可以看到她一個人坐在自己的座位，沒有人會找她一起玩耍。

這女孩的家境非常的困窘，據說她的親生媽媽很早以前就過世了，而她的後母對待她並不那麼好。每天放學後她得趕著回家煮飯，照顧後母生的弟弟和妹妹。要是弟妹不滿意她煮的飯菜，在爸媽面前告狀，她就會狠狠挨上一頓毒打。

她在家裡的處境就像被使喚的女僕，在學校的情形也差不多。

班上有幾個家境不錯的同學，時常差遣她跑腿，到學校的福利社買一些零食飲料。每次當她從人擠人的福利社回來之後，就會眨著烏亮的眼睛看著那些同學大快朵頤，而指使她的那些人，也會在東西吃不完的時候，讓她撿食剩下的那些食物。

我很不喜歡這個女孩，總覺得她的作法看起來太沒有骨氣。尤其我好幾次發現那些使喚她的同學故意在食物中吐口水，然後把那些加料的餐點拿給她，幸災樂禍的看她吃完後一臉滿足的樣子，我實在很難打從心底接受這個女孩。

也許我不能接受的是自己。原來我並沒有足夠的正義感，站出來替她說話。

雖然我很不喜歡她，還是難逃自己獅子座的性格。我開始試著接近她，要去福利社買東西的時候，就請她陪我一起去，然後假裝自己不小心買了太多東西，順便請她幫我一起吃完。

起碼，我可以確定這些東西裡面，並不會出現什麼奇怪的添加物。

慢慢的，她變成了我的小跟班。幾乎每節下課我都可以看到她站在我的座位旁邊，有的時候她甚至會主動問我，是不是有什麼事情需要她跑腿。

同學間開始流傳一些耳語，她們說我用食物籠絡這個女孩，是一種很低級的手段，我不很在意這些傳言，反正我自己做得開心就好了，又沒有利用她做什麼壞事。

和她走得比較近之後，我開始告訴她生活上的細節應該改變。如何把自己打理的乾乾淨淨，頭髮要如何才能綁得整齊，這些從我小學就被訓練出來的生活本能，她竟然都不清楚。難怪我總是見到她的頭髮像是胡亂用手扒過，東突西翹的，亂成一團。

畢業旅行的時候，她因為繳不出費用而不能參加。我向媽媽提了這件事，打算替她出這一份費用。我的理由是，她終於變成乾乾淨淨的女孩，頭髮也能整整齊齊的紮出馬尾，如果她做了這麼多的改變，為什麼我們不可以在自己的能力範圍內幫助她。

她婉拒了我和媽媽的好意，但是從她羨慕的眼神當中，我知道其實她真的很想和大家一起參加畢業旅行。後來，不知道是不是因為老師和她的爸爸談過，總之她還是參加了，理所當然的和我分在同一組。

我還記得，她在得知可以參加畢業旅行的那一天，很快樂的拿著很多一元銅板跑到我面前，說要請我吃東西。

「每次都是妳請我，今天換我請妳。」她的眼睛發亮，很驕傲的對我說。

我知道她沒有什麼零用錢，也知道她從來沒有自己買過什麼零食，更不要說是請客了。但是看到她晶亮的眼神，我知道，這是她的心意。

我們一起到福利社，她買了一包十元的零食，而我堅持買兩瓶飲料和她分享。當我們分食那些東西的時候，都覺得那些平常吃慣了的零食，散出特別好吃的氣味。

國中畢業的那天，我和媽媽商量好了將家中的腳踏車送給她。我知道她要念高職，學校距離她家有一段不算短的距離。家裡的腳踏車放著也只是生灰長塵，還不如送給她更有幫助。

自從那天之後，我就沒有見過她了。國中同學分散在各個不同的高中，彼此都很少聯絡，當然也沒有她的消息。

北上就讀大學的那年，我趁著過年回家的時候陪媽媽上菜場，突然聽到有人在身後叫喚我的名字。轉身之後，我看到了她。

她站在一個春聯攤的後方，滿臉高興的叫住我。雖然還是一樣瘦小，但是她乾乾淨淨的清秀模樣，讓我看了也好開心。我笑著向媽媽說這是我的國中同學，並且下意識的藏起先前已經買了的春聯，又向她買了一些。離去時，我忍不住又回頭看了她一眼。

也許那個市場裡面，只有我知道她是如何從髒膩的醜小鴨蛻變成為今天的模樣，但我相信，她的身影會變成我記憶中最美麗的一幅畫。

是你嗎？我的小天使

有沒有玩過這樣的遊戲？有個人祕密的當你的小天使，在某段特定的時間裡，這個小天使會偷偷的關心你，也許給你一張小紙條，也許，偷偷的在角落注視你。

遊戲中，通常有人是你的天使，而你，也是某人的小天使。

我一直覺得這個遊戲很人性。在你希望小天使關愛你的同時，你也必須同等的對你的小主人付出。

大一的時候，班上曾經舉行這樣的活動。雖然明明知道，這是同學之間的遊戲，總還是忍不住認真了起來。我們不叫這遊戲小天使或是小主人，我們稱之為「每週一信」。

抽籤決定了這星期你要寫信的對象，然後，在這一星期之內，你要好好的觀察這個人，並且，遞張小紙條給對方。直到這星期結束，另一次抽籤之前，你才可以現身。

這個遊戲或許很孩子氣，但是，我玩得很快樂。

知道有一個人默默的注視你，默默的關心你，是一件很幸福的事情。

一直到現在，我仍然收著當時小天使給我的那封信。

很久沒有這樣的感覺了。今天，我決定也讓自己當朋友的小天使，送出我的關心給許久不見的朋友。

那麼你呢？你也是我的小天使嗎？

背包裡的小石塊

即使是認識我多年的朋友，大概也很難想像我曾經是個在背包裡放著小石塊的人。

幼稚園的時候，父母離異，我變成單親小孩。

媽媽為了多得一些每個月車馬費的補貼，來回奔波在花蓮的市區及鄉下教書。媽媽因為總要大清早出門，半夜才能回到家，於是我被帶到保母家，每星期和媽媽相見的時間只有週末。

因為太過年幼，住家附近的幼稚園其實不收我這樣的小小孩。我只能每天坐校車，到另一個很遠的幼稚園念書。

下車的地點和保母家，其實只有一條小巷子的距離。我每天自己一個人晃啊晃的走路回家，其實也很開心。

後來，在小小的背包裡放很多小石塊，也是為了那一小段的距離。

那是一個冬天的下午。

我照常的走路回家，卻在半路遇見了鄰居與我同年的幾個男孩子。不知道為什麼就把我圍在他們的中間，對著我扔石子。

小小的石頭打在身上，其實沒那麼痛。

但是，當他們喊我：「沒人要的小孩！野孩子！」我的眼淚卻很委屈的在眼眶裡打轉。

打不過這麼多人，無計可施的我只好回身向著路邊的水電行衝進去。

店家是個老闆娘，看到我渾身髒兮兮的跑進去以後，就把那些男孩子趕跑了。她牽著我的手走回保母家，一路上我不肯再掉一滴眼淚，心裡卻暗暗的得意，我大概是最聰明的小女生，知道可以跑到水電行求救。

那天晚上我一個人跑到保母家的小院子，撿了兩三塊拳頭大小的石頭。偷偷摸摸的洗乾淨以後，把它們放進幼稚園小朋友的背包裡面。

沒有大人的時候，最起碼，還有背包裡的石頭可以保護我不被欺負。

在那之後，我每次下校車之前都會把手伸進背包裡，緊緊握住其中一枚石頭，隨時準備反擊。

很慶幸的，大概是水電行的老闆娘訓誡過了那些小男生，後來，他們再也沒有出現在我放學的路上。

背包裡的小石塊，卻成為我童年時期，唯一仗恃自己不被欺負的守護。

關於最早的記憶

最早的記憶是什麼呢？在我的生命之中。

我想到了三歲之前的一個冬天深夜。為什麼可以確定是三歲之前？因為我這次努力的回想之想，我一直擁有的記憶是從三歲開始的。而三歲的這個記憶，是一個不太愉快的回憶。

先說這個不好的記憶吧！我總是喜歡比較幸福的結局，也想讓那個更早並且更好的記憶，成為這篇文字的結尾。

一直，我以為我的記憶最早停留的部分，是在三歲的某個午後。那是一場家庭暴力的發生。也許是驚嚇過度，我的腦海始終清晰浮現當天的景象，鉅細靡遺。我這輩子沒喊過的爸爸，扯著事件之後單獨撫養我的媽媽的頭髮，一階一階的從樓梯拖著她上二樓。我的眼中只剩下胡亂踢著雙腳的媽媽，還有紅著眼施行暴力的爸爸。

紅色，是我對於那個午後最深的印象。

從紅色大門衝進來的鄰居，甚至包含紅色的，我的爸爸的眼睛。我被抱在鄰居叔叔的懷裡，不斷掙扎哭叫，不明白為什麼他可以這樣抱住我，卻不去救我的媽媽。

我掉的眼淚，也變成紅色的，我想。

很可怕，偏偏是我生命中最早的記憶。

昨晚，我努力的想著小時候的我。很努力的為自己記憶中的事情排了先後順序。

終於，我找到了。

那是三歲之前的一個冬天夜裡。小時候很迷戀無敵鐵金剛的我，在那樣的夜裡獨自待在家。很乖的，沒有吵鬧的一個人。因為穿著皮大衣出門的媽媽答應，會帶著無敵鐵金剛回家保護我。我很乖很乖的守著門口，等待即將出現保護我的無敵鐵金剛。

接著，就是我記憶中最早的畫面。穿著黑色皮大衣的媽媽出現在門口，大衣上有一圈毛絨圈成的衣領，手上拿著一個塑膠製的無敵鐵金剛，我想像中的守護神。

後來那個無敵鐵金剛到哪兒去了，我已經不知道。唯一能確定的是，一直到小學三年級之前，我迷戀的卡通或是漫畫人物，大多都和男生差不多，不是什麼戰神，就是什麼戰士。玩具沒有出現過布娃娃，反倒是有過兩支玩具手槍。

童年的記憶一直是很瑣碎的片段。因為昨晚的努力，我把記憶拉回過去。終於發現最早的記憶可以被翻新了。

最早的記憶並不可怕，而是有無敵鐵金剛保護的童年。

於是，關上燈，我安心的睡去。

成就一滴淚水

出門覓食，機車就在返家的半山腰突然熄火。店家已經打烊，困在半山腰的我進退兩難。我站在路邊，雙手緊緊握住剎車，一個不留神就要向山下滑去。

沒有路人經過，山路上，只有我一個。很想就這樣蹲在路邊嚎啕大哭，把所有積壓的委屈和無奈一口氣全數哭出來。

鼻腔酸酸的，熱霧在眼眶形成又很快散去。竟然，成就不了一滴眼淚。

死命推著車，試圖攀上坡度斜陡的山路。我的腰背連同四肢，發出尖銳的叫囂。

卻不能把機車丟在路旁，那條狹窄的山路，若是多了一輛報廢的機車，怕要引起嚴重的交通意外。

我只能不斷告訴自己，一步接一步的撐下去。就像每個近乎窒息的夜晚，告訴自己一次接著一次的練習呼吸。

沒有人可以幫我，就必須學習幫助自己。沒有人心疼我，就必須學習心疼自己。

一身濕熱的回到家裡，買來的食物再也無法引動任何食慾。眼眶的熱霧再度形成，鼻腔持續酸楚。

連同痠麻的腰傷，我終於成就了，唯一的一滴淚。

這眼淚，是甜的

請原諒我在此刻落下淚水，親愛的朋友們。倘若你們能夠明白我現在歡欣雀躍的心情，見著了我的眼淚，請一同為我歡欣鼓掌。

因為，這眼淚不是鹹的，是甜的。

超級任務中，失散多年的小學老師，真正出現了。雖然我們並沒相約見面，甚至沒有通電話，但電子信箱已經開始善盡職責，將老師的關心送進我的心底。

這麼多年不見，其實我膽怯。

在老師印象中的我是什麼樣子，關於那樣年幼的我，究竟在老師的記憶裡形成怎樣的樣貌，其實我沒有一點兒底。

簡略的寫了一些近況，簡略的描述生活，關於這些年的變化，我不知道該怎麼寫成一封信，告訴親愛的老師。

只能透過我最熟悉的方式，透過這一處小小的空間，請老師來到此地，細細翻查我的過去，關於這些年來，我所經營的一切。

老師來過了，在他寄出的信中提到。

我抖著雙手閱讀那封信，菸灰掉落在腳邊。老師不知道我抽菸吧！我這樣想著，捻熄快燃盡的香菸，又點起另一陣煙霧。

變了很多，我是說這些年來，我真的變了很多。

當年老師說過，我是個早熟懂事的孩子，卻沒有料想到，過了這麼許多年以後，我最想找回的，卻是那段遺落的童年。

網路真的無奇不有，我循著老師的引導，找到了老師座談會時的影音檔。深深吸氣過後，開始播放。

是我記憶中的老師，雖然，更瘦削了一些。

我反覆讀著老師的來信，反覆回憶當年的音樂課，反覆回憶當年笨拙不聽話的十指在黑白鍵舞動，眼淚越落越急。

那是我的童年啊！曾經被我遺忘許久的童年。

我彷彿回到了那個初夏的午後，老師在音樂教室後方的休息室睡午覺，而我和其他同學正嘻笑吵鬧的來到教室，準備下午的第一節音樂課。

真的，親愛的朋友，請你們相信我，這次落下的淚水是甜的。

一，點，也，不，苦，澀。

我多麼開心，能在這麼多年以後重新和老師聯絡上。我多麼開心，過了這麼多年以後老師仍然那樣的關心我。我多麼多麼的開心，聽到老師有了一個美滿溫馨的家庭，並且擁有一雙可愛的子女。

只是難免害怕，變了許多的我，是不是徹底扭轉了老師印象中乖巧的那個形象。雖然，我從來就不以為自己真的那麼乖巧。

親愛的老師，你說我給了你一份教師節的禮物，我卻很想告訴你，你不只給了我一個值得回憶的童年，還給了我一個生命中的驚喜！

不要老去

閱讀我的心事，你寄來一封信。輕輕的告訴我：「不要老去。」

我微微綻開笑容，嘴角卻是掛著無奈。

你比我年長，卻也比我年幼。計算年齡的方式太多，我不想用生肖作為記數工具。滄桑的靈魂，可能早已老去。青春不是我們能儲存的祕密，就像冬雪遇上了初春，也得漸次融去。

撫上心頭的第一道皺褶，接著撫上心頭的第二道皺褶。那些心靈的老邁，再不需要眼角魚尾紋的提醒。

不要老去，不要老去。

我多麼希望這就是青春永駐的咒語，花樣年華的魔法。

不要老去，不要老去。

尚未找到綻放花朵的滋養之前，千萬別讓我老去。

千萬別讓我在尚未綻放之前，凋零。

失眠的原因

很多朋友都會問我：「為什麼會失眠啊？」

老實說，我也不想這樣。失眠的夜裡，總是很難找到可以交談的對象。

這種時候，就不免要羨慕沾上枕頭就能睡著的朋友。

「一定是妳想太多了！」我的朋友常常這樣告訴我。

可能是這個原因，也可能不是。失眠的時候，通常我的腦子並不太靈光。一件簡單的事情，總要反覆推演幾次才能做出結論。

躺在床上認真的想要睡去了，腦子裡就自動跑出一些畫面與問題。

越是要求自己不准想，越是自動跑出一些畫面與問題。

我可以為帳單的繳款期限失眠。

可以為第二天的行程安排失眠。

可以為朋友的情緒拉扯失眠。

可以為房間的擺設位置失眠。

可以為適婚年齡這樣的問題失眠。

失眠的原因太多，我其實不想追究。真正想知道的，應該是，怎麼樣才能不失眠。

嗯，為了這個問題，我想，我又會失眠了！

凌晨三點的電話

即使已經超過十二個小時，我還是猜想著，是誰，在夜裡撥了這通電話給我。

手機在夜裡突然響起，只是一聲，然後我跌跌撞撞拿起手機的同時，掛去。

我只能看著螢幕上顯示的「未回答來電」，喘氣。

使用手機配備的功能，我試著找到來電的人，卻發現對方使用的號碼不曾顯示。

乾笑著爬回單人床，腦子裡開始轉著，仔細的想了想，有可能在這時來電的朋友。

畢竟，夜深了。我不敢打電話尋找那個來電的人。

朋友應該都睡了吧！

如果我打了電話，很可能，又會造成第三個人的失眠。

於是，我守著。

守著深夜時分，也許無聊，也許求救的電話。

就沒有再響過了，我的電話。

膽小

我，應該是膽小的。

從小就害怕漆黑的夜晚，總要點盞小燈才敢入睡。夜裡，若是有些什麼奇怪的聲響，總要緊緊閉著眼睛，不敢一探究竟。深怕，一眼望去就看到了什麼另一個空間的東西。

長大之後，我慢慢學著關燈而眠。關燈的瞬間，也就緊緊閉上了雙眼。等到感覺瞳孔適應了黑暗的感覺，才有可能慢慢睜眼，熟悉黑暗的世界。

高中時候參加營隊，安排的夜遊活動總讓我卻步。

尤其是喜歡說鬼故事的那些朋友，總被我一路追打，然後摀著耳朵大嚷：「不聽不聽！」真要夜遊了，就要求營隊的男伙伴們，前後左右的包圍住我。深深相信，那些陽氣比較重的男生們，可以幫我抵擋一些恐怖的非生命體。

所以，我真的是膽小的吧！

膽小，就連面對感情也是的。

雖然平常大咧咧的，一旦碰上了感情這回事，我比誰都容易退縮。

幾次想鼓起勇氣，還是掙脫不出自己怯懦的性格。

只能假裝不在意的聳肩，然後咧開了大嘴傻笑說：「一個人的生活也不錯啊！」然後，在寂寞的時候，繼續希冀有個溫暖的臂膀環住自己。

朋友說：「這樣的妳，一點都不像獅子喔！」

誰說我是獅子來著，在感情面前，我永遠只當得起一隻小貓。

等待被發現，等待被憐惜。

於是，膽小的我，不輕易承認愛情的發生。

很容易喜歡，卻難愛。

這是我的感情致命傷。

畢竟，愛是一件太困難的事情，要花上一輩子去學習的。

我可以輕易對朋友說我愛你。一旦真正涉及了愛情的時候，就要膽小的躲起來，偷偷的探頭，等對方開口。

膽小的我，也許就像一株含羞草，只能在無人的時候招搖自己的美麗。

會不會，有一天遇上了真正懂得憐惜的人，含羞草就願意張開了臂膀，用力的環住對方。

那麼，我願在此時，只當一株膽小的，含羞草。

和自己戀愛

到達和薔薇約定的地點，風很涼，她還沒有出現。我站在路邊，眼尖的看到兩朵向日葵躲在一堆各式各樣的花叢裡。信步走向正在整理花材的老闆娘身邊，我買下了這兩朵向日葵。

這是薔薇最喜歡的花，我腦中浮現這兩朵向陽的花，在房裡綻放的姿態，微笑著繼續等待她。風吹過我的裙襬，我依然佇立在路邊，手上多了兩朵花，心情輕鬆得像是長了翅膀。

薔薇看到我的第一句話：「妳今天好漂亮。」

我微笑著，有些害羞，淡淡的說：「是嗎？」

當她接過那兩朵向日葵，眼神綻出了浮在幸福的淚光。我和薔薇，彼此微笑注視對方。

「真的漂亮了。」薔薇再一次告訴我，「是和我一樣吧！可能遇見了一個人，讓自己明白了乾淨的特質，於是，就和自己談戀愛了！」

和自己戀愛，這是多棒的一種說法！打扮是為了自己，微笑是為了自己，開心也是為了自己。

我們沒有戀人，只是因為生活上的際遇，認識了一些具備乾淨特質的朋友，明白了純淨的感情。然後，願意和自己打勾勾，好好的疼愛自己，和自己談場戀愛。也許，這是我們兩個女人，今天都綻放了笑容的原因。

因為，我們和自己談戀愛了。

曖昧

很多人都喜歡曖昧的感覺，那種說不清又點不破的關係，能夠維持彼此的好感卻又不拆穿現有的關係。整體來說曖昧就是這樣一種毒藥，美麗而危險。

可是我痛恨曖昧。痛恨。

曖昧的下一步會是什麼呢？也許點破之後情感會突然跨進一大步，也許點破後會失去一切既有的事物，那種幾乎近似賭博的心態，其實很容易折磨自己甚至周遭其他人的心靈。

模糊不清的關係，就算做曖昧了吧！我習慣用稱謂釐清關係的親疏遠近。喊作哥哥的，就真的當成兄長對待。喊作朋友的，就真的當作朋友看待。從不輕易讓關係逾越了應有的範疇。

在我的稱謂關係中，男友是最難得的一個位置。從以前到現在，能夠讓我輕鬆脫口而出「這是我男友」的人並不多見，也曾經有過試圖接納一段感情，卻因為發現自己無論如何說不出這樣的句子而確信無法繼續。

曖昧的美麗在於一切都不確定，曖昧的殺傷力也來自於此。

因為曖昧，可能跳脫很多現實的考量，可以無畏於傷害周遭的人，當旁人群起攻之，還能嘻皮笑臉的反駁，其實彼此之間沒有任何一點關係。因為曖昧原本就是一種模糊而不願公開的情節。

這是一種毒藥。曖昧是一種毒藥。在網路遊蕩這麼多年，書寫這麼多文字的我，很清楚曖昧是怎樣一種蜜著糖衣的毒藥。

可以因為文字輕易敲擊了心靈，所以產生曖昧的關係，也可以因為某些字句觸動了自己，所以引發了更深層的感情流動。

身邊尚無摯愛的時候，我能夠輕易感受許多曖昧的情愫在身邊流竄，但是當我擁有了自己想要守護的人，這種情愫就一一被我打了回票。我知道曖昧可能造成騷動，知道曖昧可能造成對方的痛苦，於是我劃清界線，請曖昧離我遠一些。

曖昧使人受傷，這樣的故事比比皆是。但仍有許多人習慣於曖昧的關係，耽溺在曖昧的情愫。我無法否認，曖昧確實讓人心動，曖昧確實會帶來很多無法言喻的滋味，但只要一想到曖昧過後可能造成的傷痛，我還是寧願捨棄像這樣的關係。

痛恨曖昧，因為曖昧代表了令人不安的情緒在蠢動。我不搞曖昧，也希望身邊的朋友不搞曖昧，讓一切關係都能清楚明白。

既然愛著，請義無反顧。

既然愛著，請珍惜所愛。

既然愛著，請不要讓你愛的人被那些曖昧所傷。
如若不愛，請將曖昧轉為平實。
如若不愛，請將曖昧釐清關係。
如若不愛，請直接追求心所想望的那一份感情。
釐清曖昧的第一步，請先審視自己究竟追求的是什麼？美麗，還是毒藥。

那扇失意的門

不經意的開啟了，那扇失意的門。
鑰匙，可能是一段文字，可能是一次心靈的震顫，可能是一滴懸而未落的眼淚。
總是在想說話的時候找不到適合傾吐的對象，總是在不想說話的時候必須說話。
總是在想書寫的時候找不到可以敘述的方式，總是在不想書寫的時候必須書寫。
失意的門，開啟。門後的世界，失了炫人的色彩，只剩陰霾的天空，沉悶的空氣。
另一扇通往幸福的門啊！你的鑰匙何在？喊句芝麻開門，是不是就能順利打開沉重的枷鎖？
那扇失意的門，阻斷了快樂的泉源。
幸福的門啊！我望不見你的鎖孔，找不到你的鑰匙，走不進你的門裡。
只能嚎啕的哭著，等待門內的人們聽到了，為我開啟，那扇幸福的門。

那個下午的祕密

在我國小四年級的時候，隔壁班上轉來一個男生。只在隔壁班待了一年，後來又轉回台北。白白胖胖的，五官很清秀。唯一特殊的，大概就是他的身分。

他的爸爸在當年是演藝圈有名的英俊小生，主演了很多部的電視劇。

大家都對他很好奇，喜歡到隔壁班的窗口對他指指點點：「就是他耶！他就是那個誰誰誰的兒子。」

有一天下午放學，大家都走得差不多了。我看到他獨自一人蹲在教室外的走廊，身邊還放了一個小水桶，不知道在做什麼。

我很好奇的走過去，發現他把很多貼著郵票的小紙片泡在水裡，然後撈出來，把一張張的郵票撕下放在一旁晾乾。

我蹲在他的旁邊，兩個人還是沒有交談。就這麼安靜了很久，直到水桶裡只剩下一張紙片，我忍不住開口：「可不可以也讓我試試？」

他把泡過水的紙片拿給我，教我怎麼輕輕巧巧撕下那張郵票：「這張我已經有了，給妳。」

接著他拿出他的集郵冊，裡面滿滿都是郵票。

我從來沒有集過郵，也沒有看過這麼多花花綠綠的郵票。我們一邊看那本集郵冊，一邊聊著。直到天色晚了，才各自回家。

那天過後，他轉學回台北。我們再也沒有見過。但他的消息仍然陸陸續續的傳來。

「那個誰誰誰的兒子，現在也當明星了。」

是的，這兩年見到他，是從電視和報章雜誌上看到的。他變成了一個高個子帥哥，主持了一些節目，也演了一些電視劇。斯斯文文陽光男孩的外型，讓人很難聯想他小時候的模樣。

他送給我的那張郵票，在搬家的過程中遺失了。那個下午的談話，只有我們兩個人交換的心事，也模糊了。

那是我和他唯一的一次交談，可能，他也不記得了。

還是有很多家鄉的長輩向我提起他：「以前讀妳隔壁班的啊！現在很受歡迎耶！你不記得了嗎？」

記得的，其實。

關於那個下午，屬於小朋友的祕密，已經隨著年歲增長而逐漸淡忘。

但，他眼中曾經閃過的寂寞，卻一直在我心底。

牛肉麵的矜持

我不吃牛肉湯麵，這是一種矜持。

外公外婆做的一手好麵食，從小家裡就常常飄著牛肉麵的香氣。我從來不明白，如果喜歡牛肉湯的味道，又為什麼不乾脆吃牛肉麵，反而選擇牛肉湯麵呢？

高中畢業那一年，我決定北上補習。自己安排好了補習班的劃位以及住宿的房間，就這麼開始第一次的離家生活。隻身在外，三餐是最大的生活開銷。我可以為了省下五塊十塊，而忍住想吃雞腿飯的衝動。這樣省吃儉用的日子，是第一次。

住宿的附近，有一家三商巧福。我和室友常常去那裡解決吃飯問題。點的永遠都是牛肉湯麵。

那裡的酸菜是無限量供應的，常常一碗牛肉湯麵，就這樣被酸菜淹沒，卻找不到麵條的正確位置。

某次模擬考之後，我和室友決定犒賞自己，來碗牛肉麵享受久違的牛肉滋味。我們踏進了三商巧福，站在收銀台前磨蹭許久。終於很大聲的話：「我們要一碗大的牛肉麵，順便給我們一個空的小碗。」

那天晚上，我和室友兩個人喜孜孜的分食這碗牛肉麵，雖然牛肉並不很多，好歹我們吃到了真正的牛肉。

我打電話回家告訴媽媽這件事情，非常得意自己用這麼聰明的方法吃到牛肉還能省下錢。當然，心裡還是覺得有些委屈。

要知道，被外公外婆捧在手心長大的我，每餐必有大塊肉可吃，雞腿更是一定留給我的菜餚。現在，卻連牛肉麵都不捨得吃。

第二天，媽媽很快的寄了包裹，裡面裝了兩包牛肉乾。

這兩包牛肉乾自然造福了當時一起重考的室友們。我卻暗自下定決心，從此再不吃牛肉湯麵。

這樣艱苦的日子，一年就夠了，我不想繼續下去。

後來，我就真的不吃牛肉湯麵了。

真的沒錢的時候，寧可選擇其他麵食也不肯屈就沒有牛肉的湯麵。

沒有牛肉的牛肉麵，怎麼吃都是一陣辛酸的記憶。

這是我的矜持，牛肉麵的矜持。

家庭主婦

只是挑選兩把青菜，再走到隔壁的豬肉攤請老闆切一些肉絲。混雜在買菜的媽媽們當中，我確確切切的感覺自己真的像是家庭主婦一般。

其實很享受這樣的感覺。

很多朋友無法理解，為什麼我這樣喜歡買菜。即使真正下廚的機會並不多，我還是很喜歡在無聊的時候逛逛菜市場。

傳統市場也好，頂好超市也罷。我在挑選菜色的過程中，總是學著如何配菜。買了蘿蔔就得記得再買些排骨；買了香腸可以炸著吃之外，還可以切片煎蛋；小黃瓜可以涼拌，也可以煮成一鍋清淡的黃瓜蛋花湯。

我享受的可能不是烹調的樂趣，而是調配菜色時的腦力激盪。

無論如何，站在菜市場的我，永遠就覺得自己像是操控了全家生計的家庭主婦。

雖然，所謂的「全家」，也不過只有我一個人。

落差

和薔薇談到文字與生活的差異。

她說，是一種落差。在我的身上，尤其明顯。

或許她說得沒錯，的確是有落差的。

我是說，文字的傳達和我的說話方式，確實有著很大的不同。

很早以前，就有朋友對我這樣說過。我的文字比較感性，說話，卻犀利許多。

是不是，透過了文字，就容易沉潛？

我的主修老師，在看過我的畢業論文之後，也告訴我同樣的一句話。

我該哭還是該笑？

竟然，最誠實的我，是出現在文字上的。

或許，在這樣說話的過程當中，我才能真正放鬆，不帶任何面具。

是落差，我知道。

但是，值得慶幸的是，好歹我有了誠實的方式。

那麼，就算你們只接受我的文字也無妨。畢竟，這就是誠實的我。

不正常的作息

我的作息對很多人來說，都是不正常的。夜裡不睡，天色微亮的時候才拖著身軀爬回床上。這樣的日夜顛倒，已經維持了很多年。尤其在畢業之後，更加嚴重。

不是不想改變，只是心理和生理總無法好好配合。

幾次強迫自己在一般人的正常作息時間上床，無法睡去，反而在床上翻來覆去。增添幾道床單的皺褶，然後，還是失眠。

有些事情，沒有經歷過，還是很難被真正的了解。失眠是這樣，憂鬱也是這樣。

我的作息對居住台灣的人來說不正常，對我自己來說卻是正常不過。能夠逃離惡夢的侵襲，即使失眠都覺得快慰。

這也是不正常的想法嗎？

我越來越迷惑，關於正常與不正常的那道界線。

三分鐘的黑暗

正開著電腦寫信，突然就陷入一片黑暗。窗外傳來女子的驚呼聲，隔壁大樓的發電機瞬間作響，我想，又是一次該死的停電。

摸索著方才點菸使用的打火機，藉著微弱的火光走到置放香氛蠟燭的位置。火光很不爭氣的熄了，我只好摸黑繼續尋找蠟燭，並且在小桌找尋另一個為了方便而放著的打火機。

點燃燭光，還來不及哀悼尚未存檔寄出的信件，我急忙尋找可以穿出房門的衣物。腦中盤算著，是不是該打通電話給我的朋友，尋找避難的地點。

避開，這樣漆黑一片的空間。

心裡很懊惱，是不是公告了停電時間而我沒有發現。這兩天忙著安撫紅腫的雙眼，其實沒有太多和外界的聯繫。不知道停電這個訊息，也是理所當然的。

安慰自己變得勇敢，腦子並沒有因為這片漆黑而停擺。對於幽暗的恐懼，並沒有侵佔我的心靈。我很努力的告訴自己，只要安靜的穿戴整齊就可以出門，就可以逃離這樣黑暗的環境。

才套上長褲，就發現燈光又亮了，原來只是三分鐘的小小停電。我坐回電腦桌前重新開機，把該寄的信件寄出。已經流失的那一封長信，變成短短的問候。

我還是害怕漆黑的環境，三分鐘的黑暗讓我恍若回到九二一大地震時的惶恐。除了這條街，大概沒有人知道我剛剛經歷了這一段只有三分鐘的黑暗。

只有三分鐘，卻可能讓我致命的恐慌。

有星星的天空

搬回台中的朋友打電話給我，要我去看看難得的流星雨。

「很漂亮喔！我在一小時內就看到了幾十顆流星呢！」他在凌晨一點多的時候，透過手機告訴我。

我只是沉默，不知道該說什麼。很喜歡看著星空沒錯，但越是孤獨的時候，越是難以享受星空的燦爛。

有些場景，是需要有人一同分享的。

「妳走出陽台就可以看到了，去看看嘛！」銀藍色的手機不斷傳出他的聲音，我努力聽著卻覺得很模糊。

「不想出去，」聲音低低的說，「沒有力氣。」我對這樣美麗的景象失去興致，即使曾經那麼期盼流星，卻在此刻滅絕了那些期待。

踏不出房門，有種驚慌失措在心底流竄。很難真正敘述現在心裡的感覺。朋友問我最近過得好不好，我總是認為難以回答。

這種尷尬的問題，我該如何作答呢？

不想看星星。太燦爛的星空，容易對照出寂寞。沒有可以說話的對象，我連自己都不想對話。

惡魔控制了我，佔據眼眶唯一的熱度。需要與被需要之間，往往只是難以辨別的模糊界線。

有星星的天空不適合我。只是這樣簡單的事實。

憂鬱的季節

整個人陷在一種迷離的狀態，所有情緒的傳達都包裹了一層薄膜，說不真切也說不完整。我在這樣的狀態裡急著跳腳。

分不清自己究竟是醒著還是睡著。真實的一切太像夢境，而夢境的一切卻又過於真實。唯一共通的感覺，只是好冷好冷。

眼淚無止盡的奔流著。

失了聲音，我極欲張口但聲帶無法作用。震動的頻率似乎無法改變什麼，空氣中只是散著不成句的音節，組不成應有的意義。

但我是努力要說話的。

就算他們以為我像死人一樣了沒有知覺，還是努力著要說些什麼。說話可以證明自己活著，對嗎？

我盡量抓住每一個想說話的片刻，讓自己吐出一個或兩個有意義的詞彙，試圖證明自己還是具備了思考的能力。若連思考都死去，那麼我真的什麼也不剩。

很害怕。全身不停的瑟縮發抖。如果眼淚可以用金錢等算價值，我早就該是富可敵國的億萬富婆。

果然，眼淚是不值錢的東西。於是我只能在這個世界裡窮困。

這次沒有人扶持我，必須自己熬過這樣的迷離。

如果憂鬱真有季節性，我想我真的處在那個可怕的循環裡。

上帝的懷抱

我還清楚的記得，在那樣的夜晚，是怎樣一雙溫暖的大手捧著我受傷的眼淚，是怎樣的一個胸膛替我遮擋狂風吹襲。

親愛的上帝，是你。

他們說這是神蹟，是你清楚給了我溫暖的神蹟。我說這是我和你交換的祕密，在那一瞬間，將過往的眼淚交託你的寬容。

但親愛的上帝，我卻始終不是一個忠誠的教徒。

我的身體裡有一個她，信奉撒旦。

她也不是忠誠的教徒，我是說，她並不是那樣忠實的撒旦信徒。

偶爾，我能夠看見她透過指縫，偷偷的窺探你顯露的溫暖。那是她一直渴望得到的懷抱，只是眾人因為她的名字而不願給與。

是的，她的名字叫做惡魔。

這名字聽起來邪魅，卻只是一個用來稱謂的符號。就像有人喚做天使，有人喚做精靈，她只是恰巧被喚做，惡魔。

裹了一身塵泥，我想她需要一處有著乾淨熱水的浴室。卻沒有人願意接近她，沒有人願意，提供她刷洗身軀的位置。

親愛的上帝，他們說你是全能的。是不是，你也聽到了她微弱的呼救聲？

我和她不斷的辯證，關於彼此信奉的神旨。如果我無法說服她，你能不能幫助我找到方法讓她感受到你的溫暖呢？

就像那夜，我被你環在懷中時所感受到的，溫暖。

你曾經捧住了我的眼淚，曾經將我環在溫熱的懷裡。即使後來你越來越忙碌，我越來越疏離，只要你曾經來過，就不會離開，他們是這樣告訴我的。

那麼，親愛的上帝，請再次擁抱我，好嗎？讓我在你的懷中，找到堅持的勇氣，找到引領惡魔歸來的力量。

湍急的瀑流

總感覺身體搖晃著。

明明不曾飲酒，但地面總是軟軟的，眼睛望出去的事物也軟軟的，就連此刻正在敲擊的鍵盤，也是軟軟的。

我以為是身體不由自主的搖晃，原來真正搖晃的，是靈魂。

靈魂一旦搖晃，一切就變的很不一樣。

當我站著，可以感覺地面變成了軟綿綿的果凍。

當我坐著，可以感覺身體像是鞦韆在風中擺盪。

當我躺著，可以感覺床墊蕩來漾去像是湖面的小舟。

一切都變成軟軟的，但心靈，卻因此堅硬了起來。

這時候如果放任自己跟著柔軟，就要沈進湖底了吧！我不能當水底的沈屍，反要讓自己變成能夠救助旁人的繩索。

於是我不哭鬧不喊叫，只是讓自己靠在瀑布的岩壁，任憑狂洩而下的激流沖刷我的身體。

而當你們問起我的眼睛為何泛紅，我只會笑著回答，這瀑布的水流實在太急，急著衝進了我的眼裡。

湍急的瀑流，是我無法開口說出的心情。

該怎麼告訴妳

很認真的思索，該怎麼告訴妳，關於「義務」的說法。

當我聽到朋友的轉述，說妳一直很擔心我，其實我的臉上只掛著不以為然的笑意。相對於妳的憂慮，我的反應似乎冷漠無情。

是的，我承認。我給妳的，是非常冷漠無情的反應。

妳說妳閱讀了那本書，那本寫著關於病症的書籍。那麼，妳怎麼會不了解，此刻我對於妳的感覺，就像作者突然想要飛奔至機場，跳上班機離開台灣一樣。

對我的憂慮，妳從來沒有讓我知道。信件、紙條和電話，我沒有接到過這些關心。在我的感覺裡，這些關心，就像不經意出現的話題，只淪作茶餘飯後拿來嗑牙的話題。

我的確有些灰心，卻不能怨懟。

這不是妳的過錯，不是妳應當負起的責任。就像，我不能怨怪這樣的病症，不能怨怪那些失眠所帶來的困擾。

我該用怎樣的方式告訴妳，在我最無助的時候，離我最遠的妳。

妳對朋友提到了妳的關心，那麼我是有「義務」讓妳知道，我收到了那樣的訊息。即使，那樣的義務，並不會讓我覺得開心，不會讓妳覺得歡喜。

就像妳對我的問候變成了義務，我的回應，也就成了義務。冷漠無情的對話背後，藏著另一種發不出聲的抗議。

該怎麼告訴妳，對於「義務」，其實我比妳還要傷心。

兩個人

兩個寂寞的人在一起就不會寂寞嗎？

還是，寂寞也就倍數成長？

我常常這樣問自己。

也常常告誡自己，不可以只是因為寂寞而和另一個人在一起。

能夠有人體貼自己，關愛自己是很幸福的。尤其，這個人也是你願意體貼，願意關愛的人。

幸福也是倍數成長，就和寂寞一樣。

那麼，選擇幸福還是選擇寂寞呢？

太多人誤讀了寂寞的訊息，把它當成戀愛的元素。有了寂寞的感覺，就蠢蠢欲動的伺機埋伏，尋找另一個寂寞的靈魂。

眼見幸福的人兒幸福著，甜甜蜜蜜的享受兩人世界，寂寞的人兒也會不甘示弱的尋找另一個寂寞的人相伴。

這就是，寂寞和幸福的差異了吧！

我想，我要的是幸福，不是寂寞。

輯三
追求幸福的權利

因為將一切看在眼裡

痛苦和歡愉　就同時佔據了我的靈魂

不是賭氣

我輕輕的告訴你，不寫信給你了。每次被餵得飽飽的信箱，一定有些怨恨我，可能因此得了厭食症。

你輕輕的笑著，說我又開始嘔氣。

該怎麼告訴你，這次不寫信，真的不是為了賭氣？

你一直包容我，一直放任我把所有情緒傾倒在你的信箱。我任性享受你的包容，卻憂慮那些負面的文字可能帶來的壓力。

後來，你說偶爾你也是得當當壞人的。必須給我一記當頭棒喝，好讓我脫離那些悲傷的掌控。

我愣住了。

其實能夠明白你的苦心，也能夠體諒你的作法。我只是發現，自己原來在不知不覺中開始依賴著你。

你希望我笑著，希望我快樂，你不喜歡我掉淚，不喜歡我自責。

你的希望與不喜歡，我清楚也明白。

如果可以，我也很希望做回當初總是微笑著的自己。

於是，寫信給你的時候，我開始學著小心，不讓那些過於張狂的情緒直接表露於文字當中。

我不要你憂慮，卻偷偷期盼你看到了我的脆弱。

我不要你擔心，卻偷偷期盼你讀到了我的難過。

也許我要的，一直都是我最常給予的，簡單而溫暖的抱抱。不需要索取，就能被環在胸膛的擁抱。

真的不是賭氣。我只是不想，讓你的信箱再被塞滿了。

真的不是賭氣。我只是希望，能夠收到主動發自於你的，問候。

美麗的關係

你說，今天的你發現了一種美麗的關係。

我不知道，是什麼樣的美麗進入了你的世界，卻希望，這樣美麗的關係，出現在你我之間。

是的，我認為我們的關係是美麗的。

很多朋友開始羨慕我，能在這個世界找到你這樣的朋友。我不諱言，的確我是值得被羨慕的。書寫這樣多的文字，能夠因此得到這樣交心的朋友，確實很值得驕傲。

你很認真的維繫我們之間的互動，從來不願意輕意改變現狀。這種堅持與努力，曾經讓我幾乎陷入瘋狂的境地，深深懷疑了我們之間的關係究竟該怎麼樣定位。

你和我是如此不同。南轅北轍的性格，在旁人眼中看來是互補的吧！我卻認為，她們沒有見到的，是我們彼此引動對方的沉潛。

顯而易見的我的熱情，顯而易見的你的安靜。

但我們卻發現彼此藏在外人見不到的角落，是你的熱情、我的安靜。

你的熱情包裹在安靜當中，不輕易被揭露。

我的安靜藏匿在熱情當中，不容易被發現。我們卻在你苦心經營的關係當中，見到了對方不輕易示人的一面。這樣的關係，其實真的很美麗，不是嗎？

你依然用你的安靜生活著，我依然用我的熱情書寫著。我和你，彼此生活不相交會的世界，單獨卻相依的努力著。

我願意相信這種關係的美麗，也願意期待這種關係出現其他美麗的交集。

但，不急。

就用你的方式吧！我們要這樣繼續美麗著。

你在，我不怕

那個包裹裡只有一包岩石巧克力和電話。你很快找到我，在我的手機留下短信。你懂，我無需多說什麼，你已經知道我的一切想法。

我哭的像個孩子。你說你是不負責任的大人，那些年裡並沒有在我最需要你的時候陪在身邊。其實，我也是不負責任的小孩，只顧著自己玩躲貓貓也沒讓你知道發生了那麼多事。

智慧型手機很是方便，我們利用app軟體無時無刻的聊。我躲著大家的這些年，你說其實你也隱居著。你只是沒想過我會回來這座小小的城市生活，你以為我仍在那水泥森林裡出沒。

「不急，慢慢說。」你隱居著，低調自己的行蹤。我不想這麼突兀的出現打擾了你現在的生活。「自在點，想說話就能和我說話，別擔心。」

我不擔心。每日每日，我們沒有約定卻不曾停止對話。說累了就各自歇息，該忙了也不棄費彼此的時間。這樣對話很是輕鬆，一句早安也許到了下午才有回應，兩人都得空了就順勢聊聊。在你面前，我不需要思考不需要修飾，因為你識得本質的我，連我自己都不太認識的我。

「其實妳知道，只是妳的習性讓妳假裝不知道。」很多事情我確實假裝不知道，知道了就不能繼續耍賴。然後你說時間不如我們犀利，彷彿上次見面也只是昨天的事，分別的這些年，時間已不存在。

「嗯，妳委屈了，這委屈很重，我知道。」我讀著，眼淚啪啦啪啦的掉。我說我等待這樣的一句話好多年，你說這個等待也很委屈。在我沒有完全陳述事實的情況下，你閱讀了有關孩子的篇章。然後你讀到了別人沒有讀到的真實。我問你為什麼能夠知道，因為多數人讀了那個故事都沒發現事實。

「原來還沒有想像中容易。」

我說我被關在黑暗的小房間，你說出來出來。

我說我站在高空彈跳的跳台，你說下來下來。

「童就是童，不管桐不桐。」在我還是桐桐的時候，你發現我。後來我成了大家的童童，你卻和我說童桐才俱全了過去與現在的我。這次你對我說：「童童，桐桐，童桐，桐童都是同一個人。」你能夠很輕鬆的說服我，因為你能精準無誤的擊退我的偽邏輯。你知道，很多人在說服我之前就會先被我的偽邏輯給說服，所以我這一套思維體系很難被攻破。面對你，我從來不想用偽邏輯，也用不著。

後來我知道你的身體狀況不好。頸椎五處壓迫神經，影響了心臟。我問你經常不舒服嗎？你說隨時不舒服。我問不舒服怎麼辦？你說適應不舒服。我在這頭眼淚急急的下。你笑說人老毛病多，我都忘了你的年齡大我一截，嘿，在我眼中你從來沒老過，只是身體如何承載一個年輕活躍的靈魂？你似乎感覺到我的眼淚，很快要我別擔心。怎能不擔心？就算嘴上不說，你也還是能夠感受我的擔心，哪兒能藏的住。

我們重逢，然後有好多好多話要說。

「妳終於笑的燦爛。」身邊的朋友這樣說。我笑著，真的不是虛妄，心裡暖了，臉上就能開花了。這些年認識的朋友，從來沒有人知道我能這樣笑著，而你，早在多年前，已經知道這樣的笑容才是真正的我。是，讓我笑不難，讓我真正的笑，很難。

只想你好好的，好好的。

你在，我不怕。

我只怕，你不在。

不讓你放棄我

這是昨晚我對朋友說的一句話：「我不讓你放棄我。」

他總是擔憂我的生活，擔憂我的病症，不只一次，他在忙碌之中抽空和我談話，除了對我時時生病的身體與心靈憂慮，也為我的工作擔心著。

不同於一般同業的競爭者，他只要聽到了任何可能讓我重拾信心的工作，都會盡一切所能的鼓勵我參加。接case也好，代課也好，他唯一對我的要求就是「走出房門，面對人群」。

昨天晚上的電話，他究然很凶狠的對我說些重話，那些話語，重重的敲擊在我的心靈，更沉重的，卻是他聲音傳出的擔憂。

「妳不是我認識的童童。我認識的妳，一定可以走出那些困境的。」他的語氣非常沉重，重得讓我落淚。

「當我最後一次求妳，求妳走出去，走出那些不健康的生活，」他的聲調讓我流出了很多眼淚，一滴一滴落在我的枕上，「不要讓我放棄妳。」

我說不出話，心被緊緊的揪著。

「妳怎麼忍心啊！讓我們這些關心妳的朋友一次又一次擔心害怕妳過的不快樂。」濃濃的關心夾帶著許多悲傷的聲音傳來。

是啊！我怎麼忍心啊！我在心底不斷的吶喊著，那個微弱的幾乎失去了蹤影的勇敢的我。

「我不捨得妳這樣，不捨得不捨得不捨得不捨得不捨得……」

連續五個不捨得，讓我的情緒接近潰堤。

我究竟是怎麼了？為什麼要讓我親愛的朋友連續釋放出這樣強大的悲鳴？是我的哪一個部分出了問題？我要如何找回我的勇敢？

「這是我最後一次對妳說重話，以後再也不說了。」連日忙著排戲的他，在這通電話過後的幾個小時，將要站上舞台進行首演。

我知道，電話的那頭，他一定是非常非常疲憊的。而這一通電話，他只是想聽到我告訴他，我會勇敢。但我一直說不出話，一直。

沉默佔據了電話線的兩頭。

用盡了所有力氣，我很用力的找回聲音：「我不讓你放棄我。」說完，眼淚就這樣滾了出來，再也止不住。

我答應你，會努力走出悲傷的世界。我答應你，絕不讓你放棄我。

風暴之後

窗外開始呼嘯的風聲，據說颱風已經登陸了。就像昨晚一樣，心情的一場風暴，來得突然。最初的戀人在許久沒有消息之後突然出現，留下紙條詢問，我是不是正巧在線上，說是想和我說說話。

他不願意打電話，不願意進入聊天室，我們只是藉著留言版互相傳遞著紙條。就像學生時代，總是偷偷寫些紙條，傳遞一些不容易出口的祕密。

我們不是同學，從來沒有機會這樣交換紙條。就連當初談戀愛的時候，真正交換的信件其實也不多。

留言版，卻突然出現了二十多張，我們的紙條。

我想，他是不快樂的。紙條中沒有這樣的字句，但我就是知道，他不快樂。

我們之間的默契很難向旁人敘述清楚。有人說我們像是鏡子，可以互相映照彼此的心情。我卻以為，鏡子照出的情緒通常左右相反，更正確的說，我們其實是一體兩面，擁有不同性別的靈體。

精準的閱讀彼此，是我們最常做到的事。關於對方的情緒，關於對方沉潛的部分，簡短的字句，就能夠完整接收。

這或許是一種明白。對彼此的明白，也是對自己的明白。

讀著他的紙條，感官記憶引領著我回到那些我們共有過的日子。很久不去回憶，卻沒有遺忘的日子。

那時候我們是年輕的吧！雖然，靈魂都滄桑得老成。夢想的追尋與堅持，在那時候就奠定了基礎。後來，再也不需要說那些理想，再也不需要重複過多的話語，深植心中的堅持，明明白白昭示在彼此的靈魂。

我們不再是戀人，不再是生活伴侶。彼此從對方的生活退位，在自己的生活中各自安靜。曾經交握的雙手，再不那樣緊緊相繫，心卻從來不曾背離。

只是，我以為，這麼多年以來，其實他早該遇上能夠明白他的人，除了我之外。

當年他毅然而然的決定追尋真愛，放開了我的手。多年之後，終於和他的真愛共同生活，他應該是幸福的，應該是被了解的。我不能假裝自己毫無芥蒂祝福他們，卻怎麼也無法理解，竟然，他的靈魂還是孤單的。

也許我被病症纏身，也許時常陷入憂鬱困境，也許我的身邊不曾出現真愛，也許我總是單獨前行。但這些寂寞之中，其實我沒有那麼孤單。

如果真的問我好不好，我還是只能說，和他相較起來，我其實好得多。起碼，我有那些願意懂得，願意傾聽我的朋友。

心情是一定有所起伏的，在那些紙條交換的過程之中。睜眼直到天亮，也只是因為眼前不斷重複那夜朦朧的月色。

風暴，卻平靜了。

如同我相信，信仰陽光就會綻放希望。

漁人碼頭

昨晚，正準備要整理文字檔案的時候，來了一通電話。

親愛的朋友，在電話那頭，傳來壓抑情緒的聲音。我假裝不知道那樣的聲調，故意說了一些不著邊際的話，直到她說：「我的心情不好。」

就要讓她自己說出來，關於那些被壓抑的心情。

我不是不知道她的情緒，只是有的時候，這些情緒我不能這樣快戳破。寧可陪她耗著，直到那情緒很自然的跑出來。

她開始哭泣，關於這段時間以來的困擾。初認識她的時候，她正為這段感情困擾，好不容易慢慢恢復了平穩，這兩個月，對方的再度出現，又引動了那些情緒的氾濫。

「可以陪我去漁人碼頭走走嗎？」

「現在？」

「現在。」

就這樣，我在日期的交界處，接了另一位好友，騎車抵達淡水的漁人碼頭，陪伴因為心情低落而哭泣的她。

三個女人見了面，很快的擁抱著。雖然已是深夜，漁人碼頭聚集了很多的人。

「人好多喔！」我故意接起歡喜的高音，試圖沖淡剛才電話中談話的低迷。

「這樣也好，就不會哭了。」已經止住哭泣的朋友說著，「讓人家看到我哭很沒面子，我怕丟臉。」

她掏出剛從便利商店買來的三罐海尼根：「喝酒。」

我笑笑的掏出法寶：「我也有東西要給妳喔！」

大家看見我拿出的東西，都吃吃的笑罵我。

一大包剛從7-11買來的涼眼貼。

「哭太久眼睛會腫啊！」我假裝很委屈，事實上肚子裡也笑得腸子都打結了。

就這樣，或坐或躺，漁人碼頭的木頭階梯，成為我們共享的角落。星光很美，霓虹燈光映照在海面，緩緩吸納我們的心事。

那一剎那，我是恍惚的。海風輕輕撩過我的身邊，她們交談的話語在我身後輕緩柔和，而我，遺落在海水之中。

夜晚的海面很平靜，再多的不安，再多的眼淚，都可以被完整收容。我倚在圍欄望著海面的波紋，安靜地抽菸。

淡薄的酒精慢慢揮發，和上口腔吞吐的煙霧，我只想微笑。那些寂寞，那些憂鬱，那些說不出口的情緒，就讓海水帶著它們緩緩沉入幽暗的海底，隨著海底的安靜，一起安息。

轉身看著我的兩位好朋友，我的嘴邊再度綻出微笑：「好舒服，星星好美。」三個女人，海邊的星光，組合而成的夜晚，好美。

沒有說出口，關於在我心裡躁動起來的那些記憶，僅僅屬於我和漁人碼頭交換的，心事。

生活總是好壞參半

這段日子，有一些好消息，也有一些壞消息。我們永遠無法預計接下來的是好是壞，對於那些不斷發生的事件，除了接受，還是只能接受。

夜半，差十分三點的時刻，朋友打了電話給我。他的聲音很冷靜，每一個字的發聲都像刻在鋼板：「兩點四十分……」他的聲音突然斷了，電話兩頭陷入沉寂。

我心頭一震，明白可能是他養的兔子離開了。不知道該怎麼安慰電話那頭啜泣的聲音，我知道，他把兔子當成女兒看待，於是兔子離開的事實，更令他難受。

當兔子離開的那一刻，他是全程陪伴著兔子的。他在電話那頭，一邊唸著寵物火化報導的剪報，一邊哽咽了。不擅長安慰，我只能努力說服他：「她是幸福的離開，所以不要悲傷。」

夜裡很冷，也許我的聲音給不了太多溫暖，但起碼我努力這樣做。

慣常失眠的我依舊整夜無眠。我數著時間一分一秒的過去，告訴自己白天有些事情要處理。該打的幾通電話，該聯絡的一些朋友，還有最重要的，該到醫院複診。

前一日錯過了出版社總編輯的電話，我趁著自己還沒有睡去，而大家都已經上班的時刻和她聯絡。她說想和我約個時間見面談談，而出版社的老闆也會參與我們的會面。

我有些驚訝，當然情緒當中包括更多的惶恐。太久沒和外人接觸，我想我可能忘記了交際的方式。總之，我們還是約定了要見面的時間，就當是個下午茶之約也好。

門診的時間是下午，我想洗個澡再出門會是比較好的選擇。還沒來得及起身，我卻已經在床上昏睡過去。夢魘仍然緊緊抓著我不放，幾次翻來覆去，感覺自己睡睡醒醒，但神智真正清醒過來，已經接近晚上六點。

錯過了門診的時間，下星期一也已經和出版社約好了見面，我的複診可能又要無限延期。醫生一定很討厭我這樣的病人吧！總是不按時回診，也不乖乖吃藥。

而我，經歷前幾天歇斯底里的恐慌之後，現在正努力讓情緒恢復平緩的狀態。空洞也無妨，只要不是慌亂得讓我只想逃離就好。

生活是這樣的，好壞參半。我沒有能力改變，就得學會適應。

誠實

親愛的薔薇說：「別擔心，他只是誠實的面對了他的問題。」

我明白。

就像，我也誠實的面對著自己的問題一樣。

因為這樣的誠實，我必須要承擔許多隱忍的情緒。並且在這樣的承擔之中，發現了我的病症。

很辛苦，在病症中煎熬的時刻。卻知道，這是誠實必須付出的代價。

既然我選擇了誠實的面對問題，誠實的面對生活，誠實的面對情緒，就必須學習承擔這些誠實背後，有多深多重的痛。

學會誠實，其實沒有那麼輕鬆。

特別是在包裝了這麼多年之後，才開始學習「誠實」這件事。

最起碼，面對自己的時候，可以誠實的為自己掉下眼淚，也是一件幸福的事。

完美的歇斯底里

我對電影的接收總是慢上好幾拍，常常別人看過的片子，我要等到了這些影片都落入舊片的時候，才有可能翻找出來。

《女生向前走》（Girl, Interrupted）也是這樣的一部電影。因為朋友的推薦，才讓我特意找來看。VCD有一個好處，隨著片長的因素，常常會分成兩片光碟。於是我有了順理成章的中場休息，可以舒緩電影中情節的沉重。

兩個女角，分別在人生的歷程中經歷了許多旁人無法理解的生活模式。或許瘋狂，或許奇怪，或許孤僻，或許離經叛道。在她們的心中，自成一套邏輯，卻不被這個社會接受。

到底什麼才是「正常」呢？擁有和大多數人不同的想法，就是瘋狂的嗎？所謂的精神治療，究竟能不能夠真正「治療」什麼？如果治療了，又是治療「什麼」呢？

「正常」、「治療」、「什麼」這三個詞彙在我的腦子形成巨大的問號，而我找不到答案。

當然，也或許是沒有答案的。

片中的精神治療就像是一種矯正的儀式，把每個病患都矯正成大家能接受的樣子。

雖然醫生總是要求病患說出自己的想法，真實面對自己的問題，但是每個被病患提出的想法，幾乎最後都會變成需要被矯正的問題。

看到了小紫人的病患，對醫生說謊，說再也看不見小紫人，於是被診斷恢復正常，可以出院。這樣一種利用說謊換得自由的方式，難道就是真正的「正常」了嗎？

女主角入院到出院，自始至終從來沒有弄懂她究竟患了怎樣的一種病症。就像一場夢境，而這個夢境並不美麗。

我看著片中的情節，胸口滯塞，鼻頭酸酸的，眼眶澀澀的。

或許她們的病因是來自逃避，或許她們被囚禁在自己的逃避之中。離經叛道的行徑下，她們追求性愛的歡愉，甚至歇斯底里的胡鬧。

那樣歇斯底里的言行舉止，完全釋放她們內心的壓抑。即使這樣的行徑，讓許多人用鄙夷的眼光注視她們，用畏懼的神態遠離她們。

但當她們嘻笑著玩耍的時候，那樣的笑容好甜好美。我看得痴了，也跟著醉在她們的笑容之中。

即使，心底仍然泛起不捨。

如果能夠，其實我希望自己也能這樣完美的歇斯底里。只要一次，就能釋放那些被禁錮的情緒。

昏迷的手機

手機陷入昏迷狀態。雖然螢幕還是亮著，雖然偶爾還會在夢中被嘹亮的鈴聲驚擾，竟然，它是處於昏迷狀態。在捷運上想要撥打電話的時候，耳邊傳來電信公司的語音，才驚覺自己又錯過了繳費期限。

總是這樣的，經歷病症的時候，就會忘了現實生活中所有條件。忘了繳房租，忘了繳水電，忘了繳有線電視，忘了繳網路通訊，忘了繳電話費。這些忘了都不那麼可怕，我只害怕，忘了生活的樂趣。

那些被遺忘的費用，這兩天都慢慢的想起來了，也都一項一項繳清了。只有手機，因為沒有接到帳單，沒有撥打的困擾，一直沒發現它也是被遺忘的項目。

手機還是會響，只是撥不出電話。還好，還好。我拍著自己的胸口，微微笑著。那表示，我還能偶爾聽到突如其來的問候，還能接到朋友及時的關心。

嗯，回復生活能力的第一件事，明天，我得先去繳費，讓我的手機恢復生機。

對抗，全力反擊

這是怎麼一回事？突然，就哭了。

一向不靈敏的嗅覺，好像突然長出來自己的意志，竟然嗅到了記憶中，隸屬害怕的氣味。

感官記憶對表演者是必要的基本能力，現在卻成為我最大恐懼的來源。

我知道，就要失去自我控制的能力，當淚水開始沒有緣由落下的此時，即將喪失掌控情緒的強大意志。

害怕與哀傷只在一線之隔。努力維持清醒的狀態敲擊鍵盤，記錄現在的情況，在我還有能力述說的時候。

維持平衡的堤防出現裂縫，猖獗的巨浪不停襲打，狂嘯著尋找洶湧而出的缺口。

我還在拉扯，試圖安撫叫囂的靈魂。

「一定可以的！」我堅定的告訴自己，即使聲音已微微顫抖，洩漏了不安的氣息。

不能放任病症的狂傲，我已經壓制許久。

不該在這時候，也不能在這時候。如果我可以制服病症這樣久的時間，那麼只是一個晚上，我一定也可以撐過去的。

我還在說話，不停的說話。也許這樣的方式可以逼使邪惡的魔力退居他們的牢籠。

思緒開始片段，難以組織。持續的深呼吸，呼吸，呼吸。

就要天亮。就要進入光明的序曲。就要迎接朝陽的洗禮。就要，就要。

眼淚慢慢止住了。呼吸，持續進行著。我不怕你，不怕。只要我還有任何一絲殘存的氣力，就一定會全力的反擊，與你對抗。

我可以，真的可以。

別想用寂寞征服我，別想用悲傷征服我，別想用頭痛征服我，別想用過去的記憶征服我。

我不屈服，絕不。

眼淚之後

今天下午，忙完了學生的課程，在好友陪伴下，我終於回到醫院就診。頂著燦爛的陽光，進入榮總。醫生不是我原先熟識的那位女性，換了一個陌生卻有和善笑容的人。

我開始陳述這段日子的拉扯，包含按捺不住的脾氣，包含夜裡滴垂的眼淚，包含無法閱讀的恐慌，包含我的病症。必須從頭敘述一遍，因為這個醫生還來不及認識我的一切，就得迅速解決我的困境。

我哭了。在陳述那些拉扯的煎熬時，哭了。女醫生沒有安慰我，任我放肆的說話，片段的循環的，說話。

「他們不懂沒有關係，那是因為他們沒有經歷過這樣的問題和病症。」醫生安靜的告訴我，沉著的力量。

「妳的感受力很強，」她說，「這是一種強大的能量，所以妳敏感的接收了許多自己的或別人的情緒。」

我睜著哭紅的雙眼看她，很訝異她的判斷及說法。

「要堅持啊！」她笑著對我說，「我等妳回國之後來看我，然後，我們一起找到更好的方法幫助妳。」

走出門診大樓，我坐在醫院的欄杆上點燃一支菸。那裡有陽光的親吻，風，輕輕的吹著。流過淚的眼睛，慢慢酸澀。身體，沉浸在陽光的撫觸。

眼淚之後，渴望更多的溫暖及勇氣，走過這樣多霧的路程。

追求幸福的權利

曾經在一個專門討論憂鬱症的版面看到這樣的疑問：「是不是有憂鬱症的人，就沒有追求幸福的權利？」

這問題，當時引起許多網友的回應。患有病症的朋友開始大嘆他們的辛酸史，還有一些樂觀的朋友安慰鼓勵這些受挫的心靈。

當時的我，回答了些什麼呢？

「愛，是最重要的。」我記得我是這樣說。

那時，我的身邊已經出現了許多患有這樣疾病的朋友。看著他們在己身與旁人的認知當中辛苦掙扎，我著實心疼。有些朋友幸運，有家人及另一伴用無比的耐心及毅力陪他們走過漫長的憂鬱期。有些朋友坎坷，用自殘或孤絕面對他們眼中不再美麗的世界。

現在的我，終於明白了提出那個問題背後的痛苦。

卻不知道，我是不是可以跑到幸運的朋友那兒說：「我想和你們在一起。」

我們的故事

香港。

一個差點就要長久生活的地方。

沒有誰相信，曾有人對我提出婚姻的交易。

要我付出的很簡單，只要給他一個家就好。

生活上的所有開支包含零花甚至連彼此的忠誠他都想得透徹。

透徹，然後對我提出條件。

「妳一個人來，什麼都不需要帶，妳來就好。」

任誰都要以為那是糟老頭才會提出的優渥條件吧！

你們無法想像那是一個多麼年輕多麼優秀的男孩子。

那麼，他的外貌定有一些缺憾吧？

說實話，俊秀高挑的身型其實吸引了很多少女的目光。

對我唯一的要求，是我必須斷絕台灣這裡的一切關係。

他要我，但只要我一個人。

他能給我婚姻給我安定給我信心，但他要我斷去前塵過往徹底重新開始。

「誰也不許聯絡，妳可以做到嗎？」他的語氣十分篤定。

「為了對妳和婚姻保持忠誠，我也保證絕不和任何女孩子有牽連。」

心靈和身體都忠於彼此，這是多麼好的一個婚姻。

但我沒有答應。

很認真的考慮了，但我沒有答應。

我們都知道無論我的答案如何，勢必都要變了關係。

答應去香港，此後我便是他的妻子。

不肯去香港，此後我們可能無法再當朋友。

我們彼此說的明白，這場婚姻的建立是交易。

我交易我的未來，他交易他的忠誠，然後，我們再學習愛對方。

當時答應了，此刻便沒有你們認識的我。

很久沒想到他，最近看到一些香港的報導，然後想起我差點成為港仔的老婆。

竟然，我有些想念起來。

想念，香港。

潛伏的惡獸

吞了一顆百憂解，我的療程正式開始。幫學生排戲的時刻，我的體內潛伏一隻兇猛的惡獸，時不時要脅我放肆牠的爪牙。

藥物只能讓惡獸的四肢遭受綑綁，按捺不住惡獸的性情。透過我的眼神，獸性的殘暴一覽無遺。我控制不住牠的嗜血，只得拚命用尼古丁及咖啡因安撫。

惡獸打算翻身出鬧，我決定用鎮靜劑馴服牠。那時，正是豔陽高照的午後。接著就空了。腦子裡連續空上很多小節，音符不連貫的跳動著。

我的學生正在眼前排練，認真的唸著台詞，認真的走位。我望著她們在小小的舞台來來去去，卻始終弄不清她們正在排練的片段是什麼。

潛伏的惡獸睡了，被佔據的我的軀體，空了。我的性靈呢？奔逃而去？還是害怕的瑟縮一角，不願出來？

說話的那個人是我嗎？那樣的意氣風發，那樣的口齒伶俐。如果那人是我，那麼虛軟靠著學生身邊的軀體裡，藏著的又是誰？神智在迷離，我不害怕。那是藥物的作用，用來馴服惡獸的效力正在發揮最高極限。

潛伏的惡獸什麼時候會再醒來？

會不會有一天，當牠突然覺醒，而我還來不及意識，還來不及採取任何行動，就被牠攻佔了我的軀體？

夜的魔力，助長惡獸的茁壯。

月光的牽引，引動光明的到來。

循環，再循環。

勇敢，來自疼痛

這兩天，身體的不適似乎到達顛峰。

長久未犯的劇烈頭痛捲土重來，每每我嘶牙咧嘴地忍耐頭頂爆裂似的痛楚，還要分神太陽穴暴跳如雷的疼痛。痛楚是可以被習慣的，一旦習慣了劇烈的疼痛，那麼當痛楚變得輕微，就要感謝天地如此厚待自己。我的頭疼老毛病一直依賴這樣粉飾太平的心態，只要別讓我疼出眼淚，就千幸萬幸的感謝上天恩寵。

而這兩天重現江湖的老毛病，逼使我重拾止痛藥。我已經學會不讓自己承受過多疼痛，一旦藥物能夠幫助我減少疼痛，就要將那些痛楚交由藥物來處理消化。更何況，我還得同時忍受其他的病痛。

是的，其他的病痛。

我的病痛從來不是單一純粹，前陣子開刀的傷口不知怎麼突然感染而再次出膿。今天下午到醫院回診，當醫生揭起覆蓋在傷口的紗布，在場的醫生護士和我一共三個人，同時倒吸了一口氣。

「怎麼突然變得這樣嚴重？」醫生盯著不斷流出膿汁的傷口，有點驚訝傷口怎麼突然就惡化了。

護士呆在一旁，竟然也忘了得去拿乾淨的紗布先替我拭去那些狂奔而出的膿血。而我，身上掛著流有膿血的傷口，只能尷尬的笑著說，也許我的體質就是這麼糟糕，才會這樣不斷復發吧。

躺回診療床，醫生再次使用長條藥用紗布使勁塞入我的傷口。我咬著牙還是忍不住喊痛，卻只能抓緊了薄薄的床單告訴自己忍耐。

「這次不等傷口完全癒合，絕不讓你停止回診，」醫師半帶警告的對我說，「一定要讓你完全康復才行啊！」

頭痛加上胸乳的疼痛，還不夠多。真正讓我灰心氣餒的，是昨天夜裡開始的胃痙攣。斷斷續續的疼痛，讓我整個人綣縮在沙發上，冒出一身冷汗。原本以為吃壞了肚子，可是想想近日內，除了早餐和晚餐，似乎自己並沒有太多進食。胃部的疼痛其實無法讓我思考太多，因為整個人捲成一顆球狀物的樣子，腦袋真想要思考些什麼都很困難。

這樣也好，該痛的一次都給痛完整了，該病的一次都給病完整了，應該就能讓上天知道我有多麼忍讓。

既然都已經這麼忍讓了，上天啊，偶爾你也讓我嚐嚐無病無痛的滋味好嗎？頭痛加上胸乳膿血，這次還讓腸胃炎也一併來攪局，其實真夠殘忍。

不過，我沒那麼容易被擊垮，因為我知道自己是勇敢的。

雖然這些勇敢，來自疼痛。

瞧，我現在不就能夠同時忍受這三種痛楚加諸在身上，還能書寫出這篇文字嗎？

等待

妳對我說：「妳還是在等待啊！等待妳的魔法主人。」

我搖搖頭，卻不能很肯定的告訴妳，不算是等待。

怎麼樣的等待是真正的等待？當我曾經虛擲了那樣多的青春，固執守候我的初戀，就是真正的等待了嗎？我不能給妳答案，真的不能。

還很年輕的時候，朋友看見我維持一個人的生活，總認為我就是固執的守候著初戀情人的歸來。只有我知道，我守候的是自己。我等待著疼愛自己的我，等待著能夠再度愛上一個人的我，歸來。

所以，當大家認為我那樣執著最初愛戀的同時，我常常要心虛。真正的執著，別人不知情；真正的等待，別人不明白。

現在的我，是不是等待著魔法主人的歸來？請原諒我無法給妳明確的答案。

可能，我正重新等待自己，等待光明的到來。

句點

原本已經很想劃上句點。關於文字，關於生活，關於自己，都想劃上句點。找不到延續的必要，找不到持續的動力及勇氣，就是劃上句點的時候。我雖然這樣想著，還是不肯輕易完整那個代表終結的圓圈。

和朋友說話，和惡魔說話，和上帝說話。即使每一次對談最後都陷入斷訊的窘境，還是很努力的試著表達自己的意思。

我必須這樣做，為了不讓句點真正出現。

抗拒和很多人接觸，甚至不願意同時和太多人交談。我的心，試著尋覓對自己最有幫助的方法，尋找最有幫助的人，說話。

擔心我的親人和朋友，真是對不起了。我知道這段時間的自己極其任性，我知道這段時間的自己可能很讓你們傷心，但是請讓我用自己的方式幫助自己好嗎？

只要你們願意相信我，願意相信我一直這樣努力尋覓救贖自己的方式，我就可以專心的治療我的病症。

我不想繼續失眠，不想繼續困坐憂鬱，不想因為病症剝奪了一切使我幸福的可能。即使，我並不知道，除去了病症的我是不是真的就能獲得幸福。

經歷這樣久的煎熬，這樣久的掙扎，我只是有些累了。不想再解釋，不想再辯解，我真的很累了。

但我從來沒有放棄過，沒有放棄過自己向著陽光走去的決心。

也許有的時候，那樣的決心會動搖。也許有的時候，那樣的決心會萎縮成小小的，幾乎要被陰暗吞噬。但我相信小草的韌性，即使風雨飄搖，只要有一絲的希望都會堅持下去。

請你們相信我，真的相信我。即使當我有了劃上句點的念頭，也會很快的尋找幫助我的橡皮擦，盡快擦拭。

這個句點，我還沒有劃下。

親愛的惡魔，我愛妳

親愛的妳，沉潛在體內的惡魔：

我知道，蟄伏天使羽翼下的妳，即將甦醒。

曾經，我們一同戲耍，在憂鬱的幽谷漫步。妳用悲傷編織我頂上的花環，我用眼淚釀造妳唇邊的汁液。

那段日子，我們用憂傷擁著彼此，安慰彼此。

妳牽著我的手，安安靜靜穿越眼淚形成的溪谷，找尋痛苦結成的果實。

多少個黯淡無光的夜晚，迅速流失的溫度讓我們貼在彼此身邊，握緊彼此。

直到，我們走到了地獄的入口，我遲疑了腳步。

妳開始慌張，擔憂我將鬆去彼此緊握的手，再不伴妳而行。妳開始悲鳴，開始歇斯底里，開始採用一切激烈的舉動。

我的身軀開始分裂，我的神智開始委靡，我找不到出口，慌亂的只想甩開妳緊抓不放的那雙手。

是的，我必須承認，我害怕。

我不想墮入地獄，我不想陷在沒有陽光的地方。

妳的激烈，讓我迷失了方向。

我們再不是相親相愛的朋友，妳和我，開始了征戰，開始了抗拒。

妳以為我不再要妳了，妳以為我不再愛妳了，妳以為，我就要捨下妳了。

妳陷入空前的恐懼。

於是妳決定同時毀滅我們，我和妳。

親愛的惡魔，親愛的妳，我必須向妳說聲對不起，是我錯了。

我不該這樣決斷的離去，不該這樣決斷的想要否定妳的存在。

我比誰都明白，妳的存在，是因我而生的。我怎麼可以這樣丟開妳，不顧妳的淒淒哀泣。

親愛的，沉潛的惡魔，請聽我說，安靜的聽我說。

我愛妳，我不捨下妳。

因為明白，妳累積了多少的傷痛而生。

因為明白，妳隱忍了多少的苦楚而生。

即使痛苦，我願意陪著妳。

別讓我們陷入毀滅。我想帶著妳，重新迎向光明。

妳知道，親愛的惡魔，我愛妳。

我們同體而生，彼此依存，我不捨下妳。

這次，換我帶路。我們一起走向希望，好嗎？

沒有情緒的樹

大多數時候，我希望自己是一棵沒有情緒的樹。

當植物可能好些，雖然不見得擁有快樂的情緒，起碼能夠避免悲傷的漫步。

當一棵樹，深植在肥沃的土壤之中，無情無欲，就不會有那些心緒的波動了。

我總是這麼想著。然後假裝自己真的變成了一棵樹，把那些四處流竄的情緒深深埋進土裡，當作什麼都不曾感覺過。

偏偏，總會有一些私自脫逃的壞傢伙，不肯乖乖就範，硬是衝出了地面，在我的腳邊繞來繞去，招搖著它們脫逃成功的驕傲。

已經變成了一棵樹。我這樣告訴自己，然後閉上眼睛，努力使自己進入禪定的狀態。但是，那些細小的聲響不斷鑽入腦中，始終無法讓我入定。

原來，要變成一棵樹是困難的。

我只能嘆一口氣，把那些連樹都無法消化的情緒全數接回，獨自在深夜裡期待它們能被第二天的陽光驅離。

輯四
呼吸，才能愛的更多

流過淚，也是一種舒暢。

流過淚，就會澄澈。我這樣說過。

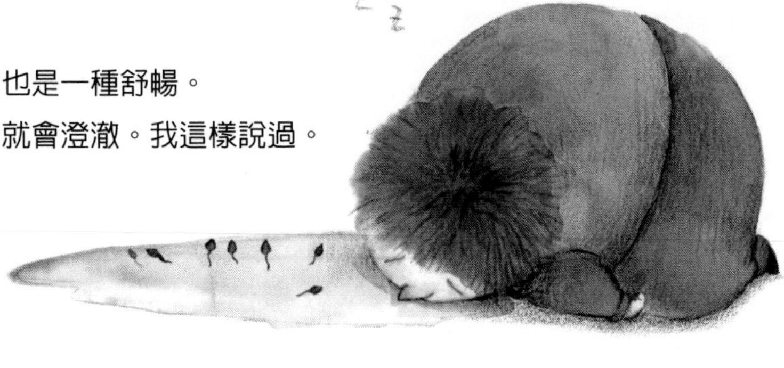

純淨的本質

握著你的手，我感覺到你掌心的熱度。

「要答應我，無論將來走向怎樣的道路，站在多前方的位置或是多後方的地位，都不要忘記了你最純淨的本質。」

我的眼神定位在擋風玻璃前閃爍的燈光，堅定並且沉穩的對你這樣說。

你笑著望向我，很愉悅的說：「我也這麼希望。」

很多年以前，我們就認識了。當時我已經是即將畢業的學生，而你才初初進入大學校園，正要開始你的戲劇生涯。

我和你，還有一些你的同學，我們總是一行人臨時起意就約了一同喝點小酒，再不就是約在住家附近的哪個店家聊聊天，甚至也有過突然決定開車前往陽明山加入觀星人潮卻敗興而歸的紀錄。

在那個時候，我們的話題總是脫離不了戲劇和表演，彷彿那些話題就是生命的全部了。

隔了這麼多年，我和你坐在相鄰的兩個位置，討論的話題還是由表演開始，卻不由自主的聊起你的轉變，生活上的轉變。

我相信自己的眼睛，相信自己所看見的不單單是外表灑脫的你。雖然你給人一種輕浮的表象，但我讀到的卻是你厚實的情感。你有這樣一種特質，尤其在你的表演當中，更是無法隱藏的顯著。

很值得驕傲，我是說，當我讀到了你這樣的本質以及認識了你這樣的人，我確實為你感到驕傲。當然，這驕傲，同時也不小心地進入我的心底，小小的滿足了我的虛榮。

我喜歡你的本質，那樣乾淨。即使你即將進入猶如染缸的社交環境，我也不希望你因此失去了那樣純粹的特質。所以，我堅持握住你的手，告訴你那些話。

看著你的笑容，我放心了。你不會讓我失望，也不會讓你自己失望。因為你是如此的勇敢。記得我說的話嗎？雖然在我眼中你是個需要被愛的大男生，但你也早就是個頂天立地的男人了。

是的，你是這樣的。一點也不需要懷疑。

我多麼高興，你仍保有那樣炙熱的溫度。讓我忍不住也想燃起那樣的火焰，為你燒出一片燦爛。

給你，豐盈的星空

好好躺著吧！我知道你的腸胃正絞痛，我知道你的身體正在和藥物取得平衡，我知道，你需要像這樣好好的躺一會兒。

躺好了嗎？有沒有記得拉上薄薄的被單？雖然暑氣仍然逼人，但休息的時候別忘了還是披蓋被單好些。

那麼我要開始說故事了。讓我也拉張椅子，找個舒服的姿勢，和你一起分享最近的生活。要從哪裡說起呢？那些平淡乏味的生活瑣事，我們就跳過了吧！那些心靈的恐懼，和藥物共生的靈魂，我們就不提了吧！

那麼，故事該從哪裡開始說起呢？

「我可不可以說，妳說的我都不陌生，而且很熟悉？」

是啊！我已經說了許多，而你也聽了許多。或許，我們在不同的時空，卻經歷了許多雷同的過程。

「那麼我就不用多說什麼了，反正我說的故事你都知道。」

怎麼，你以為我生氣了嗎？不是這樣的，我不像你揣測的那麼愛生氣。

我只是憂慮，那些被我披露出來，原本只屬於我的憂鬱，轉嫁到你的身上，讓你的靈魂又背負了更多哀愁。

今天晚上有星星呢！

雖然不若這個島嶼的另一方，我們的家鄉，那樣豐盈美好的星空，但在這個空氣汙濁、光害嚴重的城市裡，我們還是可以偷偷抓取一兩顆，趁著沒有人發現，放進自己的口袋，假裝是我們體內蘊含的珍珠。

是你說的，如果我是一個蚌，我必定選擇了受盡一生痛苦而凝結一粒珍珠。

在你那樣痛苦的時刻，我相信，你的體內也正在凝結那顆潤美的珍珠。

時間是錯序的或失掉了，都不再那麼重要。如果我們因為感受到了痛苦而確知自己活著，起碼我們懂得體會生命，懂得在旁人痛苦的時候不幸災樂禍。

你睡熟了嗎？沉沉地睡去了嗎？

睡著了就不感覺病痛的惱人，睡著了就不再被病痛折磨著。

我希望在你的夢中，能見到滿天燦爛的星空。

還有那顆，那顆用盡氣力凝結而成，屬於你的珍珠。

冬天快來的時候

妳說冬天就要到了，這是一個適合擁著情人取暖的季節。

妳說這話的時候，正坐在廣場的水池旁吹著冷冷的風。接近日與日的交界，原本熱鬧的街道逐漸冷清。除了幾隻趁夜出來覓食的流浪貓，沒有其他人聽到妳的這句話。路過的貓兒停下腳步，嘴裡還叼著剛從小吃店外找到的廚餘，戒備的神情像是作賊心虛的小偷，隨時準備拔腿狂奔。

妳稍稍移動了坐姿，想以更舒服的姿態感受吹在頰上的風，卻發現臉頰上冰冷爬行的淚，早已變成銳利的刀鋒，在頰上劃出深深的軌跡。

空氣是冷的，身軀是冷的，心也是冷的。

沒有情人擁抱妳。

除了指間燃燒的香菸，火星偶爾隨風四處飄散燙灼在妳的肌膚，妳感覺不到任何溫度。然而，即使熨燙了妳的肌膚，離開燃燒的菸頭，那些那些小小的火星，很快也就變成了冷冷的灰燼，再也無法炙熱。

妳還是覺得冷，沒來由的冷。

對街的便利商店，玻璃門開開關關了好多次，妳看著進出的人們手中捧著冒煙的熱食，卻興不起進食的慾望。

標榜著二十四小時不打烊的便利商店，據說販賣著冬季的溫暖，但妳知道那些販售物只能短暫地在肚腹作用，並不能真正暖和妳需要被暖和的心靈。

「妳要的太多，我給不起。」妳想起他這樣對妳說過。妳輕易記起他說這話時的神情，卻想不起妳究竟向他要過什麼，也記不得他給過妳什麼。

「不過是因為害怕寒冷而互相索討的擁抱而已。」妳這樣界定妳和他的關係。

天氣越來越冷了，雖然白晝的陽光還是炙熱，但夜裡的空氣卻能嗅出冬天的氣味。

現在的妳，什麼也不想要。妳再也不要因為寒冷而找人取暖，再也不要因為寂寞而找人排遣。就算最後只能融進冬天變成街邊的雕像，比起敷衍的擁抱仍是更好的選擇。

這裡的空氣，只是冷凝了。

和妳的心情一樣，冷凝著。

冬天確實是個擁抱的季節。沒有情人抱著妳，於是妳抱著自己。

在，冬天快來的時候。

親愛的，我心疼你

親愛的你，太早太早就承受寂寞的你，我心疼著。

雖然早前已經知道你寂寞的靈魂，卻無法那樣深刻的明瞭你的寂寞來自那樣受傷的對待。聽著你陳述那些過往，我的眼淚一滴一滴的落下，然後我慶幸你聽不見我在這頭的難過。

至少，我努力著不讓你聽到。然而我忍不住，忍不住在對你說話的時候，還是沒能控制好自己，我猜，我不夠穩定的聲調還是沒能好好隱藏那些因你而起的心疼難過。

我聽著你經常歡愉的聲調變得沙啞無力。說起這些過往，對你來說，會不會是又一次的傷害？而我多麼無能，除了聆聽，除了陪伴，我卻沒有能夠真正幫助你的方法。我無法安慰你，不是不願意，而是我的無能與無力。

我說過你是個容易反向表露的人。疼了痛了卻能假裝自己毫髮無傷甚至堅強勇敢。正因為你這樣對待自己，強逼自己武裝，強逼自己表現泰然自若，我看在眼裡就更心疼。

那麼小的孩子，卻承受了那樣多的孤寂。那麼認真的努力，只為換來一句稱讚。但你卻，卻依然深處寂寞之中，寂寞的比寂寞更寂寞。

我無法不為你落淚。你強制自己勇敢，你強制自己表現的無所謂，而你的每一次強制，其實都只是為了掩飾內心最真實的脆弱。沒有一處安全的位置讓你放下面具嗎？沒有一處安心的位置讓你放聲哭泣嗎？沒有一處，能讓你做回內心深處那個真實的自己嗎？

你可以不勇敢，你可以脆弱，你可以擁有所有一般人都擁有的哭泣的權利。

親愛的，我想告訴你，真的真的，不要讓自己困鎖在悲傷的世界裡，那些所謂放不下的，疼痛的記憶，好不好別讓他們繼續劃割你的心靈，放你自己一條生路。

親愛的你，我真心心疼你，沒有一絲虛假。

也請你記住，只要你願意，我會是你永遠的朋友，陪伴著你。

今晚，在你流下淚水的今晚，希望你知道，你並不孤單。雖然無法在你身邊伴著你，但我的心記掛著你的悲傷。

好好的睡一覺，起床後你會發現，我仍在。以後也會一直都在。

祺，我會成為你不離不棄的朋友，不是空泛的敷衍。

這是，承諾。

遲來的回電

前一晚，當我感到莫名焦慮的時候，撥出了一通電話給你。我聽見你壓低了聲音，迅速有力的說明你正在開會，必須等到會議結束才能回覆我的來電。即使是那麼短暫的通話，你仍然不忘問我一句：「妳，好嗎？」

透過話筒，我努力地讓自己的聲音不要洩漏一絲一毫線索，不要讓你感覺到我正因慌亂而無法規律的呼吸：「沒事，等你忙完了再打給我。」

後來，我就去上課了。

那是一所以醫學聞名的大學，那些準備要聆聽我的課程的學生，全都是將來的準醫生，什麼科目都有，偏偏我就是不知道，課堂上有沒有哪個人將來有可能成為我的主治醫師。

你並沒有依約在會議結束之後打電話給我。在我也忘了你應該回電的狀況下，藥物和尼古丁陪著我過了一夜。

然後，下午時分，我的手機就突然響了。看到螢幕上閃著你的名字，我覺得有些訝異。你這個人一向忘了就是忘了，從來也不會想到還得找個機會再打一次電話，然而這次你脫出尋常軌跡的做法，讓我有那麼一絲絲驚喜。

你說，昨晚因為你還忙著其他事情，等到忙完了已是夜深。雖然知道我從來不曾那麼早就寢，私心卻還是希望那時候的我已經安穩睡在溫暖的床褥，所以決定第二天再回電話。

剛從夢境掙脫開來的我，聲音還有些鎖著，濃重的鼻音讓你懷疑我是不是也和你一樣感冒了。

「才沒有呢！」我有些撒嬌又有些耍賴的說：「不要詛咒我喔！我可不想再多吞些感冒藥。」

你的笑聲還是一貫爽朗，即使感冒了咳個不停，也遮掩不住那樣爽朗的笑聲。

「一切都好嗎？」你還是掛心昨晚為什麼我突然打電話的動機。

「都好，你不要擔心啦！」我將嗓音維持著某種高昂，企圖讓你真正對我放心。

掛了電話之後，我一個人坐在床邊想了又想，終於還是忍不住再打了一通電話給你。

「我要向你懺悔。」接通的第一句話，我這麼說著。

「怎麼？」你覺得有點奇怪，因為沒有料到我這麼快又打了電話。

「其實昨天晚上打電話給你是因為我感到很焦慮，非常非常的焦慮。」我誠實的述說當時的狀況。

「那真糟糕！我應該馬上回電給妳的。」你有點自責。

「沒關係，真的沒關係喔！」我連忙說：「因為我聽到你的聲音就覺得好多了。」

「是這樣嗎？」你笑了：「我的聲音這麼有用？」

就是這樣。在我最慌亂的時候，我選擇了打電話給你，聆聽能夠讓我放鬆心安的聲音。即使只有短短幾句話，因為聽到了那樣的音頻，焦慮的情緒就慢慢緩和了。

「那我該說什麼呢？」你突然的一陣感動，不知道你的聲音原來能夠帶給我這樣舒緩的效果。

「什麼都不要說，笑著接受就好了。」我在電話這頭，也用笑聲陪著你。

還是想說謝謝。雖然是遲來的回電，在你記掛我的同時，我的心中仍舊盈滿了暖暖的氣息。

呼吸，才能愛的更多

一位曾經鬧出許多風波的女明星自殺，從高樓向下墜落。

原本擁有傲人條件，可以在演藝圈順遂發展的她，因為感情世界的風風雨雨，最後步入這樣的結局，是不是代表了她不愛這個世界，不愛這世界給她的評語，甚至不愛她自己呢？

很可能，她真的不夠愛自己，或者說她找不出還能愛著自己的理由。

幾次在新聞媒體的報導中看到她恍惚的神情，我時常轉換了立場捫心自問，如果今天換做是我這麼重重的跌了一跤，我的表現會不會比她更加瘋狂而不自覺。

這種可能性不是沒有，只是我極力避免罷了。

當我深陷憂鬱風暴的時候，我也覺得這個世界遺棄了我，背叛了我。在那樣的痛苦中，想要結束自己，是很容易產生的念頭。

當時的我，只能逼自己再吞吐一口空氣，確定自己是不是想真的放棄呼吸。接著一口，再一口，吞吐之間，緊急向朋友求助。

這是我自救的方法，是我用來愛自己的方式，是我用來證明，繼續呼吸才能有更多愛自己的能量。

我很幸運，並沒有真正被這個世界遺棄。在我的生命中，仍然有很多陪著我一起加油打氣的人。當然，也有很多和我一樣，彼此扶持，相互攙扶著想要離開黑暗的朋友。

那個女星選擇了自己遺棄世界，也可能是她愛自己的方式。只可惜，我們都知道，就算這次她真的寵愛了自己，從此以後，她再也無法得到更多的愛。

因為她的生命已然終止，再也不能，再也不會感受到，愛的能量可以如何源源不絕。

而我們，在痛苦中堅持，仍在呼吸的我們，永遠不知道下一步逼近的會是什麼。也許是另一波憂鬱的風暴，也或許是我們從來不敢奢求的幸福。

起碼我們擁有二分之一的機會，可以搏一搏，關於未知的那個部分。藏在每一拍呼吸背後，不可預見的未來。

能夠繼續呼吸的，才能愛的更多。也唯有持續呼吸的，才有機會搏出生命的頭彩。

壞死的我，需要曬曬陽光

獨居的日子，我開始恐懼洗澡。

幾次踏進浴室，褪去衣物裸身的我，看著鏡子裡面自己的身影，感到陌生而惶恐。腦海浮現的畫面，竟是手腕不斷冒出鮮血，隨著熱水流入地板的排水孔。

我明白這些不是幻覺，也慶幸不是幻覺。如果真的看到了這樣的畫面，那麼我就必須立刻住院治療。幸好一切畫面只是在腦海浮現，只是一種想像。醫師和我同時鬆了一口氣，這表示我還沒有真正瘋狂。

然而我恐懼畫面成真，非常恐懼。在我的身體裡存在另一股力量，多次將我推進深淵，多次扯斷理智。於是我總在夜深人靜的時候，無法控制的落淚。哭到歇斯底里，哭到幾乎斷氣，哭到差點窒息。

躁鬱混合，是最可怕的時期。思緒有時跳躍的令人害怕，有時又低沉的讓人恨不得一刀捅進心窩。

夜裡，開始重複翻來覆去的夢魘。

失序的夢境彷彿預言了什麼，又彷彿什麼也沒清楚昭示，只是在心頭積壓更多更重的石塊。張牙舞爪的夢境中，我僅存的剩餘氣力，只能不斷張口卻嘶喊不出任何聲響。

聲帶也壞了嗎？在夢魘裡奔逃，我不禁這樣疑惑著。

倘若連書寫的力氣也沒了，聲帶壞死的可能性自然大幅提昇。

那麼，我也該是壞死的了。

悶在口罩裡，呼吸也變得沉重。濁熱的氣息反覆吞吐，就像浸泡水中無力發芽卻發了霉的種子，我想，我的情緒也處於一種霉透了的狀態，暫時無法掙脫硬殼鑽出任何青翠。

什麼時候，才能夠讓壞死的我重新萌芽？

也許，只是需要曬曬太陽。什麼也不做，什麼也不想，只是單純的曬曬陽光，曬曬那些被我自己忽略了的心情。

給你，八號風球

昨晚，好久不見的你要求將我加入聯絡名單。

按下確認鍵之後，安靜的等待。我相信，你有一些話告訴我。

沒有客套的問安道好，你直接丟出一個問句：「如果對一個有殘疾的人說，因為殘疾而顯得特別是不是一件殘忍的事？」

關於這個問句，我的答覆很簡短，但緊接著跳入腦海的念頭，讓我很快在鍵盤敲擊訊息，我知道你不會無緣無故提出這樣的問句，除非有人用這種字句傷害了你。

光纖的那頭，你在哭泣吧！你向來是個沉默面對責難的人，悲傷和眼淚總是躲在人後才願意奔流，不習慣與人交際是你的致命傷，反而聽力問題並不是真正阻絕社交的原因。

何謂正常與不正常呢？

你的聽力不如一般人敏銳，但不足以影響你接收音律的美好。

你的社交不如一般人活躍，但不足以影響你善良友好的本性。

你認為自己不正常嗎？你認為不夠靈敏的聽力是殘疾嗎？你怎麼無法理解，存在於你身上最大的財富，根本不是那些旁人以為的部分，而是單純美好的心靈。

喪失了與人來往的熱情，你感到無助。在你的內心中存有強大的恐懼，讓你無法輕易付出信任。

信任，這就是你最大的難題了。

你讓我成為窗口，因為你信任我。信任和勇氣其實分不了家，當我們付出信任的時候，往往很難估計信任的後果是什麼。也許我們會被背叛，也許我們會被辜負，但是也有可能我們因此得到了對等的信任，並且獲得生命中更可貴的寶藏。

對待我，你始終關心與包容。甚至，在我面前你能夠比平常更加沉默，只因為你認為心靈的感受已經讓你得到滿足。那是我們彼此敞開心靈換得的信任，因為我們用勇氣面對彼此，學習信任。

還記得八號風球嗎？

還記得手牽手的玩耍嗎？

還記得坐在茶店談論喜歡和愛的差異嗎？

如果這些你都記得，其實你已經能夠找到解決問題的方法。

真正的殘疾不是他們眼中所見，而是你內心閉鎖著不願開啟的勇氣和信任。真正成為一頁岩石吧！讓自己堅強穩固，並且保有內心的柔軟等待那些值得互相信任的人。

喝不到，那碗湯

很想再喝一碗熱湯。由你烹調，暖呼呼的熱湯。

剛搬到台北那處小小的居所，你提了大包小包食材，然後煮了一鍋熱湯。

那時候也是冬天，比現在更接近冬天的冬天。你在狹窄的廚房忙進忙出，然後端出那鍋熱湯小心翼翼踩踏樓梯送到我的眼前。

只有我們兩個人，你卻煮了好大一鍋湯。熱騰騰的煙霧瀰漫整個房間，我的眼睛也濕濕的。

你說，好喝的秘訣不是食材，而是你放了滿滿的愛。

其實你的手藝眾所皆知，當你和我住在一起，住在那一處小小的居所，很多朋友都為了你的料理而瘋狂。

總是很驕傲，當她們稱讚你的廚藝時，我總是驕傲。因為我知道你的料理並沒有太多人能嚐到，也知道你的料理因為愛而豐盛。

後來，我們逃離那個住所。我用逃離這樣的字眼，因為搬遷是一種無奈。經歷風暴之後，那裡再也無法成為我們的小窩。我隨著你搬回家裡，住進你的房間，變成附屬於你的拖累。

那段時間感覺自己像游牧民族，沒能真正落腳。而我知道，有你的地方就是我的家，即使只是一個房間，只要有你在就是我的避風港。

更後來一些，我們來到島嶼的東部，在這裡迎接並且送走我們的孩子。那些痛苦的經歷，讓我們越來越沉默，你臉上的疲憊慢慢取代了笑容，我哀慟的情緒始終沒有抒解。

伴隨孩子的離去，我的乳房開始出現病變。先是久久發作一次，後來頻率變成兩個月，一個月，甚至無止無盡的復發。最終，我面臨了切片檢查，在身上挖出一小塊組織進行化驗。

我很害怕，非常害怕。並不是憂懼癌細胞可能已經佔領自己，而是擔心如果留下你一個人要怎麼辦。我始終先想到你，面臨生死攸關仍要先想到你。

也是狹窄的房間，你看著我說年底結婚吧！我的眼眶再度生出熱霧，因為我終於能在旁人面前驕傲承認你是我的夫。

沒有告訴旁人，關於年底的計畫。我以為只要小心翼翼的守護這個祕密約定，就能換得大大的甜美果實。

對未來的憧憬，讓我在換藥的痛楚中仍能笑著。直到醫生宣布必須進行另一次切除手術，突然世界就變了模樣。

我開始變得猜疑，變得惶恐。即使你保證不會因為變形的胸乳而棄嫌，我仍害怕這樣的身軀再不能引起你的愛憐。我恐懼，會有失去你的一天。

時序進入冬季，我的心情始終被飛雪掩蓋。

面對我的時候，你再也無法掩飾疲憊。我慌張著想要尋找幫助，卻發現自己早已錯失了能夠說話的對象。沒有人能夠聽見我的聲音，而我也無力將聲音傳遞出去。

最終，我做了決定。和捨棄孩子的時候一樣，我做了決定。讓你去飛，讓你自由，讓你重新尋找屬於你自己的生活。

可以綑綁你，但我沒有。

可以鎖住你，但我沒有。

痛著放手，就像對孩子痛著放手。

我不能粉飾太平的說不痛，不能假裝無傷的不痛。痛得快要窒息，還能怎麼演戲。然而我寧願相信這樣最好，對你最好。

可以痛，我可以痛。只要你不再疲憊，我寧願自己痛著寂寞，痛著行走。飛翔的時候不要忘了我，看到景致的時候記得告訴我。飛累了想休息，如果仍想到我，就帶著笑容回來看我。

讓我知道，自己痛的很值得。

食慾盡失的近日，我只想喝一碗湯，一碗由你料理熱騰騰的湯。

只是我明白，再也喝不到當時的美味。

只是我明白，再也嚐不到那時滿溢的，愛。

哽咽的語調

這些年來，沒有人知道我曾經鐵了心要離開你。

事情的源由我們都清楚，我犯了你的忌諱，你闖了我的禁忌，那一次我瘋狂著要離開，雖然不知道能去哪裡，卻很想逃走。從那個可怕的記憶中逃走。

你也瘋狂。我們都陷入瘋狂。

當我看見你的眼睛泛著紅光，自小到大所有恐懼的記憶都重複出現在我腦海。我聽見自己喊著要離開，聽見自己被撕裂的聲音，聽見自己痛苦而難堪的哭泣。

然後看見你。

你眼中的紅光變了，濕潤的眼眶含著空洞的眼神。雙手開始不由自主的抓起自己，很深很重的抓痕在你手上臉上不斷出現。

我知道你陷入了你的記憶，我知道你陷入了你的恐懼。

應該轉身逃走，我對自己說。那是我能離開的時候，但我做不到。

扔下手中的背包，我回過身緊緊抱住你，制止你的手指繼續殘害你的身體。我不能放下你，因為我擔心。

明明心被撕裂了，還要擔心你。

你逐漸回過神智，用力的肌肉逐漸鬆緩。而你的手反抓住我，然後用力將我抱住，像要把我揉進身體一樣的用力。

「不要走，不要離開我。」我悶在你的懷裡，聽見你的聲音哽咽。

轉身抱住你的那一刻，其實我已經知道自己無法離開。這一輩子都無法離開。

如果在心痛的時候，在自己慌亂的想逃走的時候，仍因為在意你的悲傷而轉身停駐，仍因為擔心你的痛苦而停駐，我如何能離開？如何能放下你而離開？

後來，你不願意再提起那天發生的事。對於那天的記憶，我們盡量不去談論。然而你不知道，經歷過那一天，經歷過那一次，我愈發清楚自己對你的愛有多深多重。

放不下你，離不開你，只是因為愛。

曾經鐵了心要離開，但我屈服在愛之中，因為相信值得。

如果是我呢？

如果角色互換，傷了你之後換做是我陷入那樣的情境，你也會轉過身來嗎？

如果角色互換，換做是我哽咽不要走不要離開，你也會不顧一切用力抱住我嗎？

我也想放任自己在悲傷的情緒中殘害，我也想放任自己陷溺在無盡地恐懼中空洞，我也想放任自己在你的懷裡痛哭不離不棄的諾言，但我不敢。

不敢。

因為你不喜歡看到眼淚，因為你不喜歡看到我的茫然，因為你不喜歡看到我陷入恐懼之後呈現的一切行為。

那些都是你的，壓力。

其實好想這樣做。好想放任自己痛哭，放任自己緊緊抱住你，放任自己哭著喊著不離不棄。

而我壓抑這些任性，只為了證明自己能夠平靜的面對一切。天知道我多希望撲進你的懷裡，天知道我多希望你能揉著我的頭髮，天知道我多希望你會再說一次不離不棄的誓言。

天知道我多希望看到你的笑容，告訴我，留下只因為愛而不是責任道義。

記憶仍殘存你哽咽的語調。而我，也想哽咽。

一窗螢幕，一個房間

世界只剩一窗螢幕。

連續幾個陰濕的冬季，我的世界只剩下一窗螢幕。

和旁人說話，透過這個螢幕；擷取外界的資訊，透過這個螢幕；旁人得以窺探我的生活，也是透過這個螢幕；彷彿，這窗螢幕就是我生命的全部，世界的全部了。

無法滿足於那窗螢幕，我想。

當那窗螢幕帶來一些生命中的變化，當我驚覺有越來越多人藉由那窗螢幕侵入我的生活，當那窗螢幕再也無法供給我足夠的養分，我必須要離開那一小方視窗，向外遠眺更遠的視野。

於是我離開了那窗螢幕，滿心雀躍歡喜地奔向另一個世界。那裡不再有螢幕，我再也不必感到被窺視的恐懼，我再也不需要披露自己，不需要忍受旁人無情又無禮的批判。

我驕傲的離開了那窗螢幕，驕傲的踏進另一方世界。

那裡很好。

沒有螢幕，沒有窺視，沒有紛擾，沒有一大堆急著批判我的生活方式的人們。

我可以或坐或躺，可以高聲尖叫或哭泣，可以快意吶喊或狂笑。只要我自己願意，我甚至可以褪去所有衣著的包裝，恣意狂放的裸身與自己相對。

除了我自己製造出的聲音，再也沒有別的響動。我可以選擇安靜或吵雜，也可以選擇喧囂或靜默。直到我累了，再也無力旋舞四肢，只想放鬆的好好躺著，我才發現這方世界是一個房間。

這樣很好，我在心裡讚嘆。如此一來我甚至不必擔心會有旁人闖入，擁有一道門一把鎖，我能固守的自我就更完整了。

當我終於躺下，想讓耳朵接收一些音律舒緩了自己進入睡眠時，這才感覺四周真的很安靜，除了我自己的呼吸，竟然連一點聲音也沒有。四週的空氣也是如此冷清，冷清到近乎稀薄。除了我自己能製造出的聲音，再也沒有任何聲響會來干擾我。相對地，若是我想要聽到任何音律，也必須由我自己的聲帶振動發出響聲。

但我啞了，在尖叫歡呼過後就已經紅腫的聲帶，其實已經無法負荷任何一點振動。我已經啞了，除非忍受近乎折磨的安靜，再無其他方法可以操控已經受損的聲帶。

離開那窗螢幕之後，世界只剩一個房間。

圍堵著四面白色的牆，錯落著衣櫃床鋪等等家具的房間。我逃出了那窗螢幕，卻困鎖在這樣的一個房間。

沒有了窺視，沒有了噪音，沒有了別人。

沒有了那窗螢幕。

房間還是有聲響。雖然我的聲帶尚未痊癒。

眼淚落在地板，啪答啪答的響聲，就是目前唯一陪伴我的音律。

迷路的雨滴

夜裡覺得冷，將羽絨被裹的一身溫暖，直到早上才發現，原來窗外已經落了一地雨水。果然，是要到了下雨的時候，才會特別感覺寒意。濕冷的空氣，將那些冰冷的氣息穿進骨子裡，就更有冬天的味道了。

我以為這是暖冬，不會有這麼寒冷的時刻出現。昨天還暖烘烘的天氣，一夕之間變成了名符其實的冬天。

起身之後很快尋找可以披蓋的衣物，裸露空氣中的肌膚顫出雞皮疙瘩。細小顆粒佈藏在豎起的汗毛間，看起來有些好笑。

雖然已經是白天，陰沉的雲層透不出光亮。我窩在自己的房間，無法只憑直覺猜測現在的時間。

我數著經過窗下的車輛，聽見那些落在地面的雨水和車輛的輪胎如何合奏。那是冬天的交響曲，曲目應該就是雨的旋律了。

不知道為什麼，總覺得這曲子聽起來有一些哀傷。雨水攀附在輪胎瞬間發出的聲響，似乎多了一種黏膩不願分離的味道。

從天空落下的雨水一定有些無奈。

不小心摔落在這個灰濛濛的城市，安全降落地表之後，唯一與它親吻的輪胎卻又從不為它停留。

雨水只能孤單單的躺在黑色柏油路，不斷地忍受被遺棄的失落感。直到陽光再次普照，將死去的雨水蒸騰出魂魄，迎領回天空。

我這樣想著，突然就不討厭下雨天了。

那些雨滴只是迷了路，所以才誤闖了我的世界。既然如此，我就不要再那麼討厭它們，不要再讓它們孤單的心靈更加孤單吧！

飛翔的代價

我從來不知道，飛翔，擁有翅膀真正的飛翔，需要代價。

歷經一整年又數個月的煎熬之後，我終於明白了「代價」這兩個字的意義。飛翔的此時，腦海中仍不時盤旋那些浴血征戰的慘痛畫面，我被剝奪了許多，卻也因此展開另一個階段的人生。

死過。確確實實的死過了。我這麼告訴自己，同時哀悼死去的過往。

今天（跨過凌晨的此時應該稱為昨天）參加了一場追思會。步入殯儀館的時候，我望見曾經熟識的哥哥姊姊正在為他們的母親布置簡單卻慎重的會場。近十年不曾見過面的哥哥，有些詫異的問該怎麼稱呼我，直到我喊了他一聲哥哥，報出自己的名字，他才更驚訝的說，妳怎麼變了這麼多！

沒有多解釋什麼，那樣的場合和時刻，我並不認為適合談論關於我改變的種種。他只是瞥見了我左手臂未加掩飾的傷疤，然後輕輕拍了一下我的臉頰，「怎麼把自己搞成這樣啊！」

我微微的笑了笑，不想再次陳述這十年來他未曾看過的我的經歷。那是屬於他的母親的場合，我只是一個微不足道的配角，到場致意的晚輩。然後哥哥為了提早到場也必須提早離席的我，用手提電腦播放花費三天三夜才完成的追思影片。

約莫二十五分鐘的影片，每一個字句都出自哥哥的手。我讀著看著，眼眶就像那日突然聽見阿姨離去時泛起熱霧。照片中的阿姨總是笑著，打從認識她開始，就知道阿姨是個多愛漂亮的女人。畫面停留在她留下的最後一張照片，瘦削的程度等同我過往一年的轉變。那張照片，是三個月前的留影，此後，她無法進食於是更加瘦弱，哥哥描述阿姨最後那段日子幾乎只剩骨架在支撐，完全無法和她從前的豐腴相提並論。

沒有聯絡的這十年，我仍能在電視節目中看見哥哥的身影，甚至在八卦雜誌讀到哥哥的消息，但我始終沒有和他聯絡。在我潛居的這段歲月，發生了這麼多難以置信的事，我想，就算哥哥知道了也要嘆息吧！於是什麼都不說，就像阿姨病了之後再也不願見任何朋友，我明白那樣愛美的她，只希望我們記住她愛笑並且美麗的身影。

多麼相像啊，在我極欲離去的時候，我也是躲著人群，寧願朋友記住我的笑容而不是哭泣與悲痛。

影片結束。我靜靜的起身，拭去爬滿臉頰的淚痕。追思儀式才要正式進行，但我必須離開。走向哥哥，我還是決定給他一個擁抱，即使媽媽不斷告誡我那樣的場合不適宜擁抱，我還是堅信用自己的方式告訴哥哥，我記住了，記住阿姨的笑容阿姨的美麗。

因為，我看見了哥哥親手寫下的那些字句背後，是多麼努力讓大家不沉浸於失去阿姨的哀傷。

飛翔，需要代價。

當我努力回想過去的那段經歷，只知道自己不想怨恨誰，只是承認自己深切愛過也被愛過，這樣就好。傷痛，存放在記憶深處，就好。我償付的代價，應當已經足夠讓我和我的女兒一起飛翔，直到重逢那日。

轉身離開追思會場。轉身，離開。

濃霧瀰漫雙眼

今晚的上海，白霧茫茫。

平日幫忙照顧外公的上海阿姨正值輪休，於是替外公晚間盥洗的工作由我接手。

照顧自己的外公其實沒有所謂耐心與否，即使他的步履緩慢，即使隨時要注意他的鼻水是否不小心滴落，即使必須吃力的搬動他更衣上床，我沒有任何不耐的情緒。

只是知道自己慢慢陷入低沉。幽微的低沉。

在我終於將外公自浴室送到床邊的時候，他突然轉頭對外婆說，想不到竟然有一天是由我來伺候他。

外婆始終在一旁協助我進行那些工作，聽到外公這樣說之後，用滿臉的皺紋笑著說，以前外公叫我起床，還不到上小學年紀的我總會賴在被窩，瞇著眼睛用細小微弱的聲音說：「公公，再讓我睡一下下，一下下就好了。」

你看，那個賴床的小女生現在可以照顧你了。外婆這樣告訴外公。

陷入低沉的我，其實無法完整掌握他們說話的節奏。我只知道自己必須保持笑容，讓他們感覺這個外孫女依然乖巧懂事，並且快樂無憂。

不能讓淚水瀰漫眼睛，於是我選擇了濃霧，和今夜上海一樣的濃霧。當濃霧覆蓋住眼眶，就能成功阻絕淚水的侵佔。而我的腦子不斷叫囂，左側的腦袋和右側的腦袋似乎達不成協議，一邊劇烈疼痛另一邊則不斷維持清明的理智。左側與右側的拉扯，疼痛與理智。就像我身體的兩個靈體也在互相拉扯，要求自己順服卻渴望叛逃。

我痛恨自己分裂的思緒，並且在近日強烈感受正在進行的分裂行徑。走在上海街頭的時候，好幾次弄不清楚自己的方位，弄不清楚持續行走的自己究竟要前往何處。迷失，也許是一種更為強烈的分裂行為。

其實我在上海的這段日子，已經出現過數次行走中突然神智迷離的狀態。我不知道自己身在何處，也不知道自己要往哪裡前進，只能一步接著一步踩踏地面，然後尋找任何一個可以立刻讓我坐下休息抽菸的地方。

當神智恢復清明之後，問過自己如果就這樣迷失了該怎麼辦。

上海那麼大，一個失蹤人口算不上什麼了不起的狀況。我可以選擇突然消失，也可以因為神智迷離而真的間歇失憶，一旦尼古丁無法安撫我的時候，是不是還能找到其他方法讓我恢復理智。

我感到困惑並且恐懼。

腦袋總有兩種聲音同時響起，內心總有兩種情緒同時出現。低沉的同時焦躁，焦躁的同時低沉。我陷在其中，無奈。

濃霧瀰漫著夜上海，同時瀰漫我的雙眼和心智。

捨得。值得 For Anchouy

是不是真的該讓你放心的離開了？

你知道我向來不擅長離別，Anchouy。

而我花了十年的時間後悔當時的那句再見，說了再見，卻再也無法相見。

我讓你在我筆下活著，無論用怎樣的方式，Anchouy永遠活在我的筆下，不離開不消失繼續存在。我可以假裝你在這世界的某個角落靜靜待著，默默讀著，好好活著。所以我一直一直讓你活在我的筆下。當我實在太累了，就躲回自己的世界裡和你對話，那是心底的一處柔軟，為你存在的柔軟。

我一直想起你說過的景色，然後認為你只是又去了一趟英國，在黃昏騎著單車迎風。

那年，你沒能裝進我的行李一起去加州。為了讓你感覺我不曾離開，我偷偷寫了好多信寄往自己的信箱。在美國的那段日子，我每天轉寄一封給你，每天每天，然後我知道你開心的笑著。有些記憶是專屬的，這些提前寫好的信件備份在我的信箱裡，提醒我曾為你做過這樣的事。

他們說我浪漫的無可救藥，其實不是這樣。我從來不浪漫，我只是依循自己的本心做事。我能做的，我該做的，我會做的，我情願做的。一次硬碟的壞軌，就此失去來不及備份的你我的書信。百來封的信件，百來封你的心情，百來封你給我的溫暖，在一個瞬間，消失。

那日，我跌坐在店家的椅上嚎啕大哭。我一點都不在意資料的存檔，一點都不在乎那些備用的文稿，我只在乎那些信件，再也回不來的信件，和，再也回不來的你。

後來，你的行李也沒法裝下我。但是我發現，我可以繼續任性地對你說話，用你的眼睛溫柔的看這世界，於是你活下來了，在我的心裡，在我的筆下，在我的記憶，好好活著。

很疼很痛的時候，我不對你說話，因為我不想你被打擾了安靜。而決絕的那一刻，我恍惚看見你的大手捧住我掉了一地的眼淚，還是穿著那件格子襯衫，笑得燦爛。我一點兒都不害怕，一點都不害怕的讓自己沉入黑暗，因為我也希望自己還能笑得燦爛。

然而我還是回到了這個世界。沒有了你的笑容的世界。我以為只要把你藏在心底就好，那是我的勇氣種子能夠發芽成長的地方。你當年的怯懦變成了養分，激勵著我繼續跨步。我要跨步，因為我的心臟跳著才能讓你繼續待著。

這幾年，我不敢翻看太多記錄你的篇章，卻總是忍不住寫下那些寄不出去的心情。我知道你讀著，如同以往，讀著我所有的情緒。有時我感覺你的心疼，有時我感覺你的鼓舞，有時我感覺你的笑容，而有時，我感覺你的悲傷。

他們要我捨下你，捨下這些記憶，他們說只有這樣我才能前行，而我說，不能讓你待在我的心裡一起前行嗎？如果捨下你，我的生命會出現一處好大好大的空缺。那個支撐著我走到現在的力量。

然而我應該要捨得，對嗎？應該要捨得你，對嗎？

會有那麼一天，我答應你，一定。你知道我不隨便允諾，而此刻我答應你。會有站起邁步的那天，一定有。

如果我因為害怕又躲了起來，你也提醒我好嗎？提醒我，我值得。我值得那樣的勇敢，值得那樣的愛與被愛，值得那樣的幸福再幸福。

我願意讓你踏上新的旅程，但不要忘了我。請記得，你值得我這樣掛念，值得我這樣留戀，值得我這樣讓你永遠活在我的筆下。

走吧，偶爾回來看看我，在你累了的時候，記得回來休息。在你覺得寂寞的時候，記得回來讓我抱抱你。我會讓自己重新強大起來，強大到能夠承擔你和我的一切不勇敢。

走吧。我在這裡。一直都在。

對你的依戀

和你相識的那個冬天，我覺得幸福。

每晚為你擦拭乳液，滋潤乾燥的肌膚。我的手指輕輕滑過你的背脊，將那些富含滋潤油脂的乳液覆蓋在你的每一處紋理，由指尖傳遞滿滿的愛意。

我慶幸自己能夠這樣撫觸你，慶幸自己能為你乾渴的肌膚帶來溫潤。於是，寒冷的冬天，我感到幸福。

和你共度的那個春天，我覺得幸福。

不喜歡做家事的我，突然變得喜歡洗衣。晾曬你的貼身衣物，我總感到驕傲。除了我之外，沒有誰可以輕易碰觸這樣貼近你的衣料。尤其是你剛褪去的時刻，我伸手接過的衣物仍殘存你的體溫，那是只有我明白的樂趣。

我慶幸自己能夠為你洗衣，慶幸自己能為你清洗貼身的衣物。於是，微涼的春天，我感到幸福。

和你分享的那個夏天，我覺得幸福。

天氣太過炎熱，只有我們在家的時候，你總是只穿著一件寬鬆的內褲。我可以隨時撫觸你的胸肌，可以隨時感受你的體溫，可以隨時欣賞你背上的肌理。即使你如此纖瘦，肌肉的線條卻如此美麗。

我慶幸自己能夠這樣肆無忌憚的欣賞你，我慶幸自己能夠看到你卸除所有衣物後的真實面貌。於是，炎熱的夏天，我感到幸福。

和你走過的那個秋天，我感到幸福。

陽光不再猛烈，你為了讓我曬曬太陽，總是騎著機車帶我四處兜風。沒有特定目的地，我坐在身後雙手緊緊環著你的腰際，將臉頰貼在你寬闊的背，聆聽你的心跳。

我慶幸自己能夠緊貼著你，慶幸自己能夠用雙手緊緊環抱你。於是，清冷的秋天，我感到幸福。

春天，夏天，秋天，冬天。沒有哪一個季節曾經讓我愛戀，卻因為對你的依戀，讓我深深期盼每個季節的到來。

行走，勇敢的行走

再度看到一個病友放棄了希望。她留下紙條，聲稱服用大量安眠藥準備解脫，並且說如果真的離開會在另一個世界祝福大家。

我感到難過，非常難過。

雖然依照她自述的藥物劑量應該不至於奪走性命（我曾在幾年前渴睡的恍惚中吞食差不多數量的藥劑，造成失憶兩天並且跌傷雙腳但沒有直接危及性命），但是我知道她必須面對接下來更多的問題以及責難。

無論是藥物殘存引發的不適或是眾多親友的心痛不諒解，我知道，她接下來要面對的問題，不單單是送入急診室那樣簡單。

看到那張紙條的時候，我忽然明白了為什麼自己可以堅強可以勇敢。

我總是告訴自己必須堅強，因為明白自己時常軟弱。

我總是告訴自己必須勇敢，因為明白自己容易退縮。

利用書寫剖析自己，我越發瞭解存在於體內那些陰暗的部分很容易讓我放棄希望，同樣瞭解存在於體內那些樂觀的部分很容易讓我燃起奮鬥的意志。我說過，自己同時並存樂觀與悲觀，只是哪一方佔了上風的差別而已。

有過痛不欲生，有過結束一切的衝動，在我悲觀的認為一切都將無可避免的失去，並且無法再改變任何持續憂鬱的現狀時，我確實有過放棄的念頭。不否認，一旦那些想法盤據了腦海，很容易就要接受死神的誘惑，棄絕自己的生命。

而我也記得自己在那些撕裂的痛楚中，抖著雙手撥打一通通可能救命的電話，在電話接通的瞬間放聲痛哭，因為我知道自己又成功的戰勝了一次，戰勝了那個想要尋死的自己。

也許因為這樣，即使遊走在崩潰與死亡的邊緣，我仍能一路行走至今。

我不想遺忘自己能夠勇敢能夠堅強的本能，卻也知道不能否認自己軟弱無助的部分。我必須證明自己如同獅子一般的驕傲，也能在虛弱時溫馴成為一隻小貓。

不知道那個生命在光纖傳送的後方是否延續，但我真的難過，對於她的放棄。

然後再一次告誡自己，繼續堅強勇敢，繼續相信自己能夠做得到。

告誡自己，行走，勇敢的行走。

因為遺憾，不願死去

每次有死亡的念頭盤旋時，我總要問問自己，對這個世界還有什麼遺憾。不問自己還有什麼期待，是因為期待對追求死亡的人來說太過奢侈，如果已經接近死亡的邊緣，談再多期待都只會變成推向死亡的助力，反而沒有實質上的助益。

生命最灰暗的時候，當我坐困憂鬱無法自拔，數度想要結束自己的時候，我其實什麼都不在乎，什麼都可以放手。

幸好，現在的我還能坐在這兒敲擊鍵盤，當作說故事一般敘述那些過去，但我必須承認，那樣的生命經歷確確實實出現在我過往的人生。

當時的我，因為對這世界再無所求，或許可以說是不敢有任何奢求，當然也就沒有所謂能夠牽絆住生命的遺憾。

前些日子，我的情緒陷落谷底。我以為自己又將經歷一次憂鬱的洗劫，以為自己又要墮入陰暗的世界。

惶恐不安的情緒日日夜夜糾纏著，我掙脫不出只能被動接受，眼淚經常莫名滑落，掛在努力微笑的嘴角上，看起來像是一場極盡諷刺的鬧劇。

我幾乎決定放棄，放棄這半年來的努力。很想就這樣追隨心底悲傷的念頭，任由生命就這樣被吞噬。

看著深鎖眉頭的男友，我知道自己的狀況帶給他很大的壓力。

不是只有我在煎熬啊！他受的苦絕對不比我少。但我努力扯出的微笑就像哭喪著臉一樣，我竟然毫無辦法讓他明白我對他的心疼，只能和他對坐著，無言地點燃一支又一支香菸。

而我試著問自己，如果是現在，如果是現在的我即將死去，我會有什麼遺憾？

沒能在他心情低落的時候陪伴他，是我的遺憾。

沒能在他開心的時候和他一起歡笑，是我的遺憾。

沒能讓他明白我有多愛他，是我的遺憾。

沒能為他生個孩子，是我的遺憾。

沒能和相愛的人生活一輩子，是我的遺憾。

光是想到這些遺憾，就要讓我難過的喘不過氣來。光是這些遺憾，就讓我重新打起精神，奮力擊退死亡的念頭。無論如何，我不願自己深愛的人受到任何一點傷害啊！

這些在腦子打轉的念頭，慢慢生出一股力氣，支撐我再次站起，努力攀爬逃出憂鬱的牢籠。

我知道自己做的還不夠好，當我用因為攀爬而被繩索磨破滲血的雙手擁抱他時，我慶幸的是，我仍能感受他身上傳來的暖意。

生命的意義，原來可以只是溫度的傳遞這樣簡單。

因為遺憾，造成了生命的牽絆。

因為遺憾，我願意排拒死亡的念頭。

因為遺憾，我不願在此刻死去。

傳奇

嗯，我有一位從未謀面的未婚夫。我的學生喜歡喊他「無緣師丈」。

而且，當我再見他的名字端端正正出現在眼前，感到莫大的歡喜。

年輕時期的一場婚約，讓很多人跌碎了眼鏡，我們兩個倒是很認真地考慮結婚後的種種細節。每個人都問，這算是網戀嗎？其實還真不是。我們連網戀都稱不上，就突然提出了結婚這個想法。

連網戀的過程都沒有，我們直接跳題了婚姻。

旁人都以為我們只是笑鬧，卻沒有預期我們真正討論起關於婚嫁之後的生活形態與原則。然後，當然就翻了天地。我不知道他的朋友如何看待這個狀況，但我的朋友們開始急急切切的詢問這是一個什麼樣的人，怎麼我突然就奔著婚姻走去。

那時候的我，處在人生最低潮，連生死都無謂的那種低潮。而他能為我重新建立一個家庭，當時我被毀壞殆盡的家庭與幸福。對我來說，結束當時生活的紛亂最好的方式，確實也就是離開所有舊識，把自己放逐遠遠的，遠遠的。他給了我一個離開的絕佳理由。

而未曾謀面的他，我卻不曾恐懼，只是深切感受到了他的寂寞。寂寞的，需要有一種完整的陪伴。

我們開始討論細節，關於這個沒有感情作為基礎的婚姻，究竟要用什麼方式開始，如何相處，如何延續。越是深入，我越發感覺他的仔細，他續想了許多我不曾想過的問題。當我清楚意識到的時候，嚴格來說已經不在討論階段，而是去或不去的決定。

最後一刻，我遲疑了。

朋友歡呼我恢復理智，卻不知道我放棄了怎樣的選擇。逃去他的身邊，原是我最後的生路，但我連奔逃的舉步都邁不出。是的，我留下來了，被綑綁著的停滯腳步。朋友在我耳邊碎語的說服，其實不是真正困阻我的理由。真正阻止我的，是自己。對於一個需要完整陪伴的他，我能夠給出多少？這是我最後思考的問題。

於是，我，轉身，對他。沒有一句話。

而他的電話號碼，就此留在我的手機，一組再也提不起勇氣撥打的數字組合。

這件事情，慢慢地被遺忘了。遺忘到，我甚至不能確定，是不是真有一場婚姻的約定。他留在我恍惚的記憶裡，成為一則傳奇。

而你們知道的，人生永遠充滿驚喜與驚嚇。

這麼多年，更換了無數手機，我沒有一次想過要刪除他的電話號碼。總是在看到那組號碼的時候，就會微微揚起嘴角，心底再默唸一次他的名字，然後，跳過。

直到某日，現在那些無所不能的通訊軟體，突然閃動訊息。我隨手滑開視窗，眼神沒怎麼在意的撇過那則訊息。撇過了，然後震驚的重新調整視線焦距……這一個以為一輩子不再有交集的名字，閃回我的眼底。我確認了一遍又一遍，然後抖著手，送出訊息。

沒有及時的回應。於是我呼了一口氣，說服自己，這個電話號碼極可能已經換了主人，不再屬於他。我繼續手邊的忙碌，腦袋裡卻是一次又一次的重演當年的畫面。也許真到了該刪除這個號碼的時候，我想著卻遲遲沒有握回手機執行刪除的動作。

一個多小時過去了，手機再次敲出聲響。

我，遇回了當年差點成為我的夫的他。

嗯，我有一位從未謀面的未婚夫。而他在多年後，用一種奇特的姿態重新回到我的生活。那場婚約，當年的那場婚約，成為我們共有的回憶，留在過去。現在，我只有一個「前未婚夫」。

真正成為一則傳奇了，在他和我重逢之後。

後記　赤裸

對我來說，集結了許多生活中的情感而書寫出來的文字，其實並沒有想過要被印成鉛字放置在陌生人的房間，任由那樣多人閱讀著。然而，印成鉛字的實體書，彷彿就是自己曾經存在最好的證明了。

曾有病友問我為什麼願意赤裸裸的把自己攤在大家面前，為什麼願意寫出這些文字。其實我不知道。這個答案我真的不知道。

回顧最當初書寫的動機，我只是想對自己說說話而已。我想誠實的和自己對談，想誠實面對情緒的每一刻轉折，想在文字的記錄當中找到自己的問題癥結。

我只是對自己說話，對自己誠實，如此而已。

當我無法開口陳述的時候，透過文字能夠更貼近我的心靈。也許我用這種方式解讀自己，也用這種方式救贖自己，更用這種方式慢慢瞭解自己。

赤裸裸的剖析自己，讓我更清楚瞭解自己的情緒轉折，更明白生命中幽暗與光明並存的道理。如果能坦然面對自己，又為什麼不能坦然面對旁人的目光呢？我時常這樣問自己。

當我斷斷續續出現病徵，幫助自己最有效的方式就是書寫。赤裸裸的剖析情緒，赤裸裸的陳述，赤裸裸的尋找答案。很多時候我並不瞭解自己的想法，因為百轉千折的情緒總在下一拍就突然跳了曲目。

只能說，因為經歷過那些病症的苦痛，當再次復發的時候，我們可以很快知道如何應對，很快知道如何幫助自己重新起步。

但我知道自己最終的信仰仍然不變，知道自己無論如何要抱持希望，知道自己無論如何要力求改變。

如果我的文字透出軟弱，請不要苛責。那是我必須釋放的情緒之一。也許我藉由這種方式告訴自己也告訴你們，此刻的我就是脆弱，就是需要被保護。也許我藉由這種方式提醒自己，已經在文字中軟弱了所以現實生活更要堅強。

我的文字，是最真實的我。以前如此，而今亦然。

所以，當你們從文字中得到感動，那一定不是因為我的赤裸，而是因為你們也用最真實的自己來面對我，面對自己。

並且，請不要吝惜給自己一個掌聲，因為，值得。

附錄

憂鬱症答客問

失落是種可怕的情緒
往往在還來不及防備的時候
就已經發生了……

預告　「憂鬱症答客問」

這段時間書房留言版出現很多關於憂鬱症的問題，無論是患病的徬徨或是治療過程中的困境，我盡力在回覆每張紙條的時候分享自己的經驗。

然後突然想到，這些問題其實很多病友都在經歷。我雖然不能以專業醫療角度幫助大家，但至少可以將我的經驗寫出來，提供大家做為參考。

如果我能熬過那些治療過程中的苦痛，其實病友們也可以。

於是，決定書寫這樣的一個專題，只以個人的經驗做為分享基礎。我強調的是心理調適以及不放棄希望，但真正的療程還是請病友們接受專業醫師的引導。

請加油，在路上顛簸的朋友們，你們從來不是一個人獨自行走。

1 和尼古丁的約會

先來談談抽菸這回事好了。

很多人都說抽菸不好，很多人都說要戒菸，尤其是憂鬱症病患常被告誡盡量遠離菸酒及刺激性食物（例如咖啡），我也必須聲明，假使你是不會抽菸的病友，請直接跳過這個篇章無妨，因為我並沒有要宣揚抽菸是治療憂鬱症的良方這種荒謬的事。

在我大學時期學會了抽菸，一開始是因為演戲的需求而後迷戀上菸草的氣味，於是，我的菸齡其實長達十年。只是我並沒有想到，促使我到身心科就診的契機，也和菸草有關。

當我開始出現憂鬱症的病徵，其實並沒有太過惶恐。周遭有很多朋友都發生過類似的問題，戲劇系的好處就是再怪異的毛病都能被接納，更何況只是憂鬱症這種常見疾病。

病徵出現的時候，我仍用意志力來控制。我是一個控制慾很強的人，尤其是對自己，如何掌控自己的情緒對我來說是很重要的事。然而，我慢慢發現自己開始出現失控的狀態。

指導學生社團的時候，時常因為學生的表現不如預期而讓我感到生氣。我的習慣是知道自己忍不住發脾氣了，就和學生要求一支煙的時間讓我冷靜。

我可以在抽菸的那段時間裡思考，如何讓學生知道我的憤怒卻不傷害他們的情緒。這種方式其實皆大歡喜，學生獲得了喘息的時刻，我也獲得了冷靜的時間。彼此不容易造成衝突，也不容易造成惡言相向的傷害。

可是，當我發現一支菸的時間不足以讓我冷靜下來，我開始要求兩支菸的時間。最後當我發現連三支菸都無法穩定自己暴怒的情緒時，我決定到醫院就診。

說起來很荒謬，但我確實是用這種方式檢視自己的病症已然失控。

我也試過在網路上的心理諮商中心詢問自己的狀況，時間隔了太久，現在已經想不起來是哪一個機構的網站。我提及自己的狀況，也詢問是否可以不要去醫院求診，因為實在不想讓自己被掛上憂鬱症的名牌。

他們的回應很制式，強烈的措辭語氣指稱我如果不相信專業的治療，那麼誰都幫不了我。說實話我感到受傷，但無法忍耐自己失控的狀況日漸嚴重，更不願因為自己的情緒造成學生困擾，最終我詢問了患有憂鬱症的學姐，請她介紹一個適合的醫生。

就診的那一天，醫生照例詢問我為什麼決定看診。我把自己和尼古丁的約會告訴她，並且陳述自己發現尼古丁逐漸失去冷靜的效用。但真要我坦白的說，我還是對那位醫生保留了相當程度的戒心。畢竟我聽過太多患有憂鬱症的朋友口述，醫生除了開藥之外沒有更大的幫助。

你們猜猜這個醫生如何得到我的信任？

直到現在我都記得，她用一種非常技巧的手段對我說：「妳好聰明，竟然知道尼古丁有鎮定神經的作用。」

聽到她這麼說其實我傻了眼，我根本沒想過她會這麼回答。我還以為每個醫生都是勸人戒菸的道德家，一定會告訴我戒菸對自己的幫助比較大。

「不過，」她接著說，「妳已經決定來就診了，既然尼古丁對妳失效，我們不妨試試看藥物的幫助吧！」

就這樣，我開始了第一次的治療，捧回第一包抗憂鬱藥和鎮靜劑。

那是我的第一位身心科醫生，後來因為她調職到東部的醫療院所而將我轉介給她的學妹。我已經忘記她的名字和容貌，但始終無法忘記她沒有要求我戒除和尼古丁的約會。

今天看到一位病友說自己無法戒菸，突然想起這段往事。

我仍和尼古丁約會，雖然知道尼先生真的不是什麼好東西，仍然和他約會。寫下這個篇章只是想告訴大家，抽不抽菸是自己的選擇。也許哪一天我突然厭倦了這種約會，也許哪一天我突然討厭了尼先生，那我和尼古丁的約會就自然無疾而終。

戒菸與否，不是治療過程中最重要的課題，最重要的是，患者能不能找到自己抒壓的方式。如果和尼古丁約會讓你覺得比較好過，又何苦硬逼自己在此刻馬上戒除這樣的樂趣呢？

當然，前提是，和尼古丁約會的時候，千萬不要因為一時衝動而和尼先生緊緊相擁，別因為太熱愛尼先生而將火星熨燙在自己的身上。

只要保證不發生這種自殘的行為，那麼我其實一點都不反對和尼古丁的約會。

這樣說有些離經叛道，但我說過了這裡的答客問只忠於我個人的經驗，所以請反菸團體千萬別來指責，謝謝。

2 憂鬱？躁鬱？（上）

很多人問，憂鬱症是不是就是一天到晚哭泣，然後時時刻刻感覺了無生趣，除了那些低潮的情緒之外，整天都懶洋洋的不想活動。

嗯，如果出現這些症狀並且持續超過兩個星期，請你先不要太過害怕，直接到醫院身心科求診，由醫生為你診斷你的狀況究竟只是一般的情緒低潮，亦或是憂鬱症悄悄地來到你身邊。

大多數的人都害怕讓別人知道自己有憂鬱症，因為太多報導將憂鬱病患的自殘行為歸咎於病症中無法掌控自己的情緒，因而導致許多莫名其妙的誤會。

也許我比較幸運，在自己發病之前就已經看過許多朋友往返身心科取藥和治療，雖然他們的治療過程不見得快樂，但起碼我知道透過藥物治療之後，憂鬱病患通常能夠維持生活的基本能力，不至於失控。

當我第一次就診的時候，醫生開出的診斷是中度憂鬱症。別懷疑，只是中度憂鬱而不是重度憂鬱。但那時候我仍然嚇了很大一跳，因為我雖然模糊揣測自己已經和憂鬱症沾上邊，卻一直以為自己的症狀只不過是輕微而已。

「妳一定是熬過了最糟的那段時間才來就診的吧！」那個女醫生真的很厲害，字字句句準確無誤發射向我。

我的確不是在自己最糟糕的狀態底下就診，事實上，在我最感到沮喪的時候，寧願選擇一個人獨處，直到覺得自己已經能夠掌握了情緒，才願意走進醫院面對醫師的診斷。

這是我該死的驕傲，不願意將自己最軟弱的部分放置人前，尤其是陌生人。醫生和護士對我來說比陌生人還要陌生，因為我走進診間面對他們的時候，已經明擺著自己可能成為他們的病患，起步上就矮了他們一節，所以我更要在自己確定不會失控的情況，才願意踏出這一步。

無聊的自尊心，其實讓我多受了很長一段時間的苦。無論是情緒的不穩定或夜半失眠的困擾，全都影響了正常的生活作息，甚至影響了人際關係的處理。而我不能否認，在第一次尋求醫生幫助的時候，我仍然驕傲的像一隻獅子，不願輕易示弱。

因為驕傲，所以我在人前只會歇斯底里的笑。夜半啃食自己的憂鬱時，獨自品嚐那種酸澀滋味的苦痛，其實沒有多少人知道。朋友頂多覺得我越來越不喜歡參加聚會，越來越不喜歡和他們一起唱歌玩耍，卻不知道他們眼中樂觀開朗的我，已經和憂鬱症悄悄簽了合約。

開始有朋友指責我變得孤傲。當我躲在家中因為情緒低潮而陷入憂鬱的時候，他們以為我只是變得孤僻難以接近。還是那些該死的驕傲，我不為自己辯解什麼，只是在他們面前更加歇斯底里的瘋狂笑鬧。

人前人後兩種模樣，我覺得心力交瘁。

直到醫師診斷出我罹患了憂鬱症，直到朋友開始發現我服食百憂解，他們才恍然大悟我的轉變其實是因為受到病症纏身的影響。我終於可以擺脫戴著面具笑鬧的痛苦，終於可以稍微傾吐夜半失眠的難熬。

然而，個性很難改變。我說過了我該死的驕傲，一想到要用藥物來控制我的生活，就覺得渾身不自在。所以，我從來不按時服藥，明明醫生開了兩星期的藥量然後要求我回診，我也可以拖上大半年才不甘心的回到醫院重新掛號。

而且，通常等我回到醫院再度領藥的時候，就是我即將赴美待上至少一個月。因為知道自己在那裡不能自在的和尼古丁約會，甚至要隱藏自己真實的情緒（為了扮演親友心中原本那個懂事乖巧的模樣），我不得不屈服於藥物的療效，讓自己在國外的那段日子維持一種空洞的乖巧。回到台灣之後，自動又將醫生的囑咐拋在腦後，什麼藥物什麼回診通通都忘的一乾二淨。

持續在服藥和不服藥之間展開折返跑，我一開始的療程可以說是完全沒有進展。醫生頭痛我的難以配合，我也頭痛自己的情緒愈發極端。感覺自己的體內同時存在兩個截然不同性格的靈魂，彼此看不順眼又互相推擠，白晝笑的燦爛，夜晚哭的淒涼。

原本只被診斷出中度憂鬱症的我，很快在一年之後變得嚴重。原本診治我的醫生（嚴格說來，我只是「利用」她開立藥物，沒有真正進行診治）調往其他縣市的醫療院所，並且在最後一次門診的時候轉介即將接手她的工作的醫生給我。

這是我最重要的一個里程碑。就我的憂鬱症而言，最重要的一個里程碑。

3 憂鬱？躁鬱？（下）

換了一個新的醫生，完全陌生。

雖然病歷上記載了我的基本狀況，但那些病歷記錄並沒有辦法讓醫生真正瞭解我。斷斷續續的就診記錄，明擺著我對療程的不配合，醫師用藥的劑量記錄也明擺著我的病況愈來愈嚴重。

見到這個新醫生時，我哇啦哇啦說了一堆夜裡睡不著白天教課情緒又不穩定的狀況。聒噪的方式就像我平日戴起面具後的活潑開朗，她始終安靜的聽我說話，即使我說的顛三倒四，她仍然安靜的聽我陳述。

這種單方面像瘋子一樣說個沒完的情況維持了約二十分鐘，就在我想不出其他話題繼續發揮的時候，她突然輕輕按住我言談中不斷揮舞的雙手。

「妳的感受力很強，」她說：「這是一種強大的能量，所以妳敏感的接收了許多自己的或別人的情緒。」

我突然掉下眼淚，紅了雙眼。除了睜著哭紅的雙眼看她，我不知道自己還能做些什麼。

「繼續堅持喔，」她笑著對我說：「讓我們一起找到更好的方法幫助妳。」

如果說我終於願意承認自己是憂鬱病患，而且是個重度憂鬱病患，應該是從那一刻開始。我感受到了她的善意，並且知道她願意聆聽我心底最原始的吶喊。她讓我知道，我可以將那些藏著不敢放縱的軟弱都交給她。

在她的溫柔當中，我終於釋放了自己壓抑已久的情緒。我不再需要強迫自己變成乖巧懂事的樣子，我可以展露完全真實的自己，因為她明白我的敏感，因為她明白我同時具備兩種截然不同的性格特質。

接下來的療程，我變得配合並且勇於坦承每一次服藥過後的不適。吃了哪些藥物讓我感到茫然，服用哪些藥物讓我變得情緒張狂。我們一次又一次交換心得，她從我這裡得知其他病患無法形容的感覺，而我從她那裡獲得更適合自己的藥物。

由於我的誠實表述，我們慢慢發現，除了鬱症之外，我還藏有一些躁症的狀態。可能因為抗憂鬱劑的使用方式引發躁症，也可能是我原本就有這些病徵只是以前從未坦述所以沒被察覺。

我和她之間，建立起完整的信任管道。我信任她所有的治療方式，包含藥物的使用及劑量。她信任我所有對病症的陳述，包含持續療程並且不放棄希望。我們竭盡所能幫助對方瞭解彼此採用的方式，並且在每一次門診的時候交換心得。

正因為我能清楚表述自己的所有症狀，她在面對其他病人的時候，更能準確貼近他們的心靈。

正因為她不斷尋找適合我的藥物和劑量，我在漫長的服藥時期得以掌握自己可能發生的狀況，更能面對生活上藥物造成的影響。

她常常說我是她的模範病人，因為配合度高而且從不擔心我放任自己捨棄性命。只是在我處於憂躁混合時期的痛苦之中，她會不斷提醒我在面對有棄絕生命的念頭時，千萬記得別因為躁狂的情緒而真去傷了性命。

憂鬱還是躁鬱？很多朋友都問我的病症究竟屬於哪一種。其實我說不上來，但我和她的認定之中，憂鬱其實佔了很大部分。幾乎所有憂鬱症的病徵都在我身上出現過，即使是極端的嗜睡或失眠，即使是極端的暴食和厭食，都在我的生活交替出現過。

漫長的治療，曾經好幾次差點磨去我的鬥志。但因為她的信任，讓我能夠為自己堅持到最後一刻。

雖然我已經和她失去聯繫，仍然非常感激。她雖然不是赫赫有名的身心科醫師，卻是讓我最感到信賴的朋友。

是我的醫生，也是我的朋友。我不曾在哪裡透露過她的姓名，但此刻我真的很想讓她知道我的感謝。

她是廖姿雅醫師，一個溫柔又勇敢的女醫師。

如果有哪位正在閱讀這個篇章的朋友認識她，請為我轉達最深的謝意。請為我轉達，她所認識的童童，正在為更多的朋友一起努力。而這一切勇氣，來自於她。

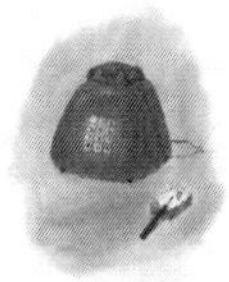

小小提醒：

如果因為服食抗憂鬱藥物而產生輕躁狀態，請不要太過擔心。但請記得告知醫生你的情況，越瞭解你所面對的處境，醫生越能找到幫助你的最好方式。

4 醫生，我不想吃藥了（上）

對於憂鬱症患者來說，除了要面對眾多親友「關愛」的眼神，最大的困擾就是那些必須隨身攜帶的小藥丸。

我不知道有多少病友和我一樣杞人憂天，起碼當我隨身帶著那些小藥丸的時候，時常害怕警察突然臨檢。我在腦袋裡想過很多種遇到臨檢時的對話，每次都在想要如何告訴臨檢的員警，這些藥物是用來治療我的憂鬱症而不是搖頭族的小藥丸。

當然，現實生活中，我從來沒有遇過這種尷尬的場面。也幸好我沒遇到，否則我一定會為了解釋隨身攜帶鎮靜劑對自己來說是多麼重要的事而和他們爭執不休，甚至有可能在社會新聞裡看到自己的名字被刊登。

這些都算題外話，現在讓我們導回正題吧！

前面幾個篇章裡頭提過，我在一開始的療程之中，其實非常抗拒藥物的服用。醫生開給我兩個星期的藥量，我可以拖上大半年還沒服食完畢。當我一回到家，總是很快把裝滿藥物的藥包丟到最不起眼的角落，告訴自己到過醫院看過門診，病症就會自動消失。

抗憂鬱劑，離我越遠越好。至於助眠用的鎮靜劑，嗯，除非失眠太過嚴重，否則也讓它們乖乖躲在角落就好。

我用這樣的心態度過了發病的第一年。興致來了就吃幾顆百憂解，不高興就把那些藥品丟的老遠。嚴格說來，我那種方式根本就不算進行治療，只是拿了藥物在身邊讓自己安心，然後繼續讓自己在白晝的開朗和深夜的憂鬱中拔河。

也有過乖乖吃了幾天的藥，然後突然發現自己的知覺變得遲鈍。和旁人說話的時候像包了一層保鮮膜，碰觸任何物品都覺得很不實在。思考的方式就像收訊不良的無線電，嗯嗯啊啊始終說不完整自己想要表達的意思。

這種服藥過後的空洞嚇壞了我。如果要我變成這樣呆呆傻傻的模樣，我寧願自己的脾氣爆裂或者憂鬱些，起碼我能感覺自己真實的存在，即使那種存在痛苦的想將自己撕毀。

直到我真正接納了藥物治療，這才發現先前自行停藥斷藥的過程其實害慘了自己。因為服用藥物的斷斷續續，我對於很多藥物其實已經慢慢產生了抗體。用抗體這樣的形容方式不知道恰不恰當，但我說過這些答客問只用我自己的經驗來書寫，自然我也選用自己的解讀方式來陳述。

很多藥物的劑量對我來說慢慢失去作用，我必須服食更重劑量的藥物來重新開始療程。

比方說，對於鎮靜劑的使用。我還記得剛開始的時候，醫生開給我一天一顆的鎮靜劑，使用方式比較簡單，當我感到心慌意亂的時候，就可以服用半顆劑量保持我的平穩。

然而，因為我不配合醫生的療程加上任意斷藥，導致我的病症加劇，後期我所使用的鎮靜劑一天高達三顆甚至四顆，劑量也比先前醫生開立的處方還重。

所幸，當時的我已經懂得配合醫生，所以我們時常開玩笑說，一天四顆的鎮靜劑只是用來「保平安」。也就是說，醫生比照一天四顆的份量開立處方，事實上，我只在情緒動盪不安的時候才服食鎮靜劑，所以每個月下來，總會有一些棄而不用的鎮靜劑要被丟入垃圾桶。

噓，別說我浪費醫療資源。這種浪費其實助長了我和醫生之間的互信關係，因為我開始懂得她真心想要為我找到最適合我的治療方式。強逼我吃藥反而會讓我逃離療程，而她對我的信任以及我對她的保證讓我們在鎮靜劑的使用上達成協議。

每次開立藥物，我都會先詢問一天如果服用多少會導致超量。醫生回答這種問題必須非常小心，因為遇到心機重一點的病人很可能要利用她的答覆而開始囤藥。幸好我不是這樣的人，也幸好她真的信任我的自制力。

當我確認了多少劑量會有危險之後，就能保證自己絕不超過那些底線。一旦有快要超越底線的危機，也能很快告訴自己止步。

5 醫生，我不想吃藥了（下）

我也曾經灰心，我也曾經沮喪。好幾次我坐在診間皺著眉頭告訴醫生，我其實一點都不想再看到那些藥丸。吃藥的時間比吃飯還準確，每天服食那些藥物，讓我感覺連呼吸都有藥味從皮膚竄出。

好多次我問醫生，難不成我就要一直這樣和藥物長相廝守，一輩子當親密伴侶嗎？

她明白我的沮喪，也明白我無法忍受失控的感覺。服藥過後的失控並不是情緒爆裂那種一般人所謂的失控，我所說的失控是失去了主宰自己情緒的能力。

我曾經是一個那樣敏銳於情緒微妙的人，觀察旁人的情緒轉折是我的本能也是我的樂趣，但是服藥過後我連自己的情緒都無法感覺，快樂和悲傷都無法在我的身上發生作用，我感覺自己變成一個木偶，沒有七情六欲的木偶。

大家笑得開懷的時候，我無法理解有什麼好笑。

大家哭成一團的時候，我同樣無法理解為什麼要掉那麼多眼淚。

我和大家變得不一樣，因為我無法融入他們的世界，他們也無法瞭解為什麼我變得如此無趣。服食那些藥物之後我變得愚笨，變得不再聰慧伶俐。而我無法忍受那樣的自己。

於是，我偷偷的停了藥。因為我想要重新用自己去感受真實的情緒，無論是哭是笑，我都想要真真實實的感受。我再也受不了因為服食藥物而產生的疏離感，再也受不了因為服食藥物而失去感知自己情緒的能力。

我。又。錯。了。

而且是，大。錯。特。錯。

自行停藥之後，我確實找回了自己的情緒。可是隨之而來的失眠與跳躍思考模式，以及晝夜之間分裂的活潑和憂鬱，再度撕裂了我。

找回了情緒，卻讓我痛不欲生。終於，在一次強烈渴睡的狀態之中，我第一次服食了超過四十顆（也許更多，自己也搞不清楚）的鎮靜劑，和一大堆亂七八糟自己也搞不清楚的藥物。

那次的經驗讓我整整失憶兩天，附加價值是拄了近兩個月的枴杖。直到現在，對於那兩天的記憶仍是靠朋友口述而模糊拼湊的，我只記得自己在服藥過後的恍惚之中跌下樓梯，然後拖著雙腳在地上打電話給出版社的編輯，告訴他們我不會走路了，再也不能去出版社看新書的封面樣版。

他們救了我。在打完那通電話之後，我已經逐漸失去意識。自己做了什麼或沒做什麼，其實完全不知道。我只記得好像有人背著我狂奔，又好像有人捏捏敲敲我的雙腳，可是什麼都模模糊糊的很不真切。

直到我清醒，他們還是不願相信我竟然只是為了想睡覺這個理由，而一口氣吞了那麼多藥。我很委屈的說，那是因為我已經好久好久沒能睡覺了，我真的只是因為太想太想睡覺，甚至睡死了都沒關係的想睡。

然後我重新回到診間，怯懦的向醫生坦承因為自行斷藥而暫時賠上了自由行走的能力。醫生能夠明白我想睡覺的慾望，卻更明白我的狀況其實出自於突然斷藥後的不穩定。於是療程重新開始，我重新學習走路並且學習乖乖吃藥。兩者對我來說都是一種屈服，卻也是一種激勵自己的方式。

我告訴自己，拄著枴杖就像失去雙腳的美人魚一樣，每走一步就要喊一次痛，每痛一次就告訴自己再也不可以隨意停藥。我的任性讓我當了兩個月美人魚，而我不想再嚐一次當美人魚的滋味。

後來面臨減藥的過程，我也同樣經歷過類似的折磨。先是開心自己的藥物能夠減量了，然後接著要面對藥物減量過後產生的身心調適。沒有藥物作為防護網，情緒的掌控能力慢慢回來，同樣的我也就必須重新學習承接自己的情緒。

無論是好的或壞的情緒，我都得重新學習面對。以往藥物隔離了對於情緒的感知能力，在藥物減量的同時，我重新接回主控權有些時刻卻難免力不從心。但我學會讓醫生知道每次減藥之後自己的狀況，由她為我評估這次的減量是否恰當或是必須調回原本的劑量。

我自行斷藥的結果是這樣，反而配合醫生診斷之後，再也沒有出現過那樣慘烈的狀態。還是要提醒大家，變成美人魚沒有你們想像中那麼美妙。這是個一點都不有趣的經驗，千萬別輕易嘗試。

新鋭生活17　PD0023

新鋭文創
INDEPENDENT & UNIQUE

勇敢，來自疼痛
——一位表演者面對躁鬱的赤裸告白

作　　者　童　童
責任編輯　陳佳怡
圖文排版　莊皓云
封面設計　王嵩賀

出版策劃　新鋭文創
發 行 人　宋政坤
法律顧問　毛國樑　律師
製作發行　秀威資訊科技股份有限公司
114 台北市內湖區瑞光路76巷65號1樓
電話：+886-2-2796-3638　傳真：+886-2-2796-1377
服務信箱：service@showwe.com.tw
http://www.showwe.com.tw
郵政劃撥　19563868　戶名：秀威資訊科技股份有限公司
展售門市　國家書店【松江門市】
104 台北市中山區松江路209號1樓
電話：+886-2-2518-0207　傳真：+886-2-2518-0778
網路訂購　秀威網路書店：http://www.bodbooks.com.tw
國家網路書店：http://www.govbooks.com.tw

出版日期　2015年6月　BOD一版
定　　價　289元

Printed in Taiwan

國家圖書館出版品預行編目

勇敢, 來自疼痛 : 一位表演者面對躁鬱的赤裸告白 /
童童著. -- 一版. -- 臺北市 : 新銳文創, 2015.06
面；　公分
ISBN 978-986-5716-54-7(平裝)

855　　104002985

讀者回函卡

感謝您購買本書，為提升服務品質，請填妥以下資料，將讀者回函卡直接寄回或傳真本公司，收到您的寶貴意見後，我們會收藏記錄及檢討，謝謝！

如您需要了解本公司最新出版書目、購書優惠或企劃活動，歡迎您上網查詢或下載相關資料：http:// www.showwe.com.tw

您購買的書名：______________________________

出生日期：________年________月________日

學歷：□高中（含）以下　□大專　□研究所（含）以上

職業：□製造業　□金融業　□資訊業　□軍警　□傳播業　□自由業

□服務業　□公務員　□教職　□學生　□家管　□其它_____

購書地點：□網路書店　□實體書店　□書展　□郵購　□贈閱　□其他

您從何得知本書的消息？

□網路書店　□實體書店　□網路搜尋　□電子報　□書訊　□雜誌

□傳播媒體　□親友推薦　□網站推薦　□部落格　□其他__________

您對本書的評價：（請填代號　1.非常滿意　2.滿意　3.尚可　4.再改進）

封面設計____　版面編排____　內容____　文／譯筆____　價格____

讀完書後您覺得：

□很有收穫　□有收穫　□收穫不多　□沒收穫

對我們的建議：______________________________

____

____

____

請貼
郵票

11466
台北市內湖區瑞光路 76 巷 65 號 1 樓

秀威資訊科技股份有限公司　　收

BOD 數位出版事業部

（請沿線對折寄回，謝謝！）

姓　　名：________　年齡：______　性別：□女　□男

郵遞區號：□□□□□

地　　址：________________

聯絡電話：（日）________　（夜）________

E-mail：________________